LES JUSTICIERS DE L'OMBRE

LES AUTEURS

Avec Bayard Éditions,
ils ont participé à la création de MARCANTOUR.

Claude Merle

Il a été l'élève de Georges Duby, un historien célèbre.
Professeur d'histoire avant de devenir écrivain, il écrit des pièces
de théâtre, des scénarios pour la télévision et des romans.
Il adore inventer des histoires, faire vivre à ses personnages
des aventures extraordinaires. Il écrit très vite, beaucoup,
tous les jours, le matin, le soir...

Laure Mistral

Elle a fait des études de lettres classiques, ce qui veut dire qu'elle connaît
le latin et le grec comme sa poche. Elle est maintenant une incollable
de la grammaire et des mots d'usage. Elle a même dirigé l'écriture
d'un très gros dictionnaire.

La Péniche

Sous ce drôle de nom se cache une équipe de documentalistes
et de journalistes. Certains ont fait des études d'histoire,
d'autres de lettres, d'autres encore de journalisme.
Tous passent leurs journées à lire des livres et des documents,
à réunir des images documentaires, pour que les auteurs ne se trompent
pas dans les lieux, les dates, les événements historiques.

Thierry Ségur

Il a fait des études d'art et après un petit séjour chez *Casus Belli*,
le magazine des jeux, il s'est fixé sur la bande dessinée, le temps de
réaliser quatre magnifiques albums dans le genre « médiéval fantastique ».
Il sait tout faire : des gens de près, de loin, des gentils et des méchants,
des images d'aujourd'hui et des aventures d'autrefois.

© Bayard Éditions, 1999
3, rue Bayard, 75008 Paris
Dépôt légal : septembre 1999
Loi 49-956 du 16 juillet 1949 sur les publications destinées à la jeunesse
Tous les droits réservés. Reproduction, même partielle, interdite.

ISBN : 2 227 74604 1

Marcantour

LES JUSTICIERS DE L'OMBRE

Avertissement

*Es-tu prêt à basculer dans l'Histoire ?
Cramponne-toi à ton cheval
et saute dans l'aventure !
Tu vas vivre des moments palpitants :
des chevauchées sauvages, des rencontres terrifiantes,
des batailles sanglantes, des amitiés bouleversantes,
et même des histoires d'amour.*

MARCANTOUR

Hugo

André de Montbar

Il est le grand maître des Templiers, qui sont des moines guerriers. Il a combattu aux côtés de Louis d'Aubepierre lors d'une croisade pour délivrer le tombeau du Christ. Malgré son âge avancé, c'est un homme vaillant et tout-puissant qui participe encore aux combats.

Onfroi

Ce jeune homme, chevaleresque et loyal, a rencontré Hugo et Ancelin lors d'une expédition vers Jérusalem. Il est devenu leur ami et le compagnon que chacun aimerait avoir.

Hugo a appris la science des armes à la cour d'Auvergne. Adoubé par Louis d'Aubepierre, il a toutes les qualités d'un noble chevalier : il est courageux, généreux et loyal. Il est surtout un excellent cavalier et un guerrier hors pair.

LES HÉROS

Louis d'Aubepierre

Guerrier courageux, ami du roi de France, il a décidé un jour d'arrêter les combats pour devenir moine. Il est maintenant prieur du monastère Saint-Étienne-des-Forêts.

Il s'est pris d'affection pour Hugo, il lui a donné son nom et l'a armé chevalier.

Ancelin

Aude et Aymond Ferragut

Aude, belle et noble jeune princesse de Constantinople, parcourt la Terre sainte avec son frère, un chevalier fier et ardent, pour trouver un refuge après le drame qui a détruit leur famille. Désespérés, ils sont prêts à tout pour rétablir la justice.

Il est l'écuyer de Hugo ; mais il est surtout son frère de lait, car sa mère, une paysanne, a nourri et élevé Hugo quand il était petit.

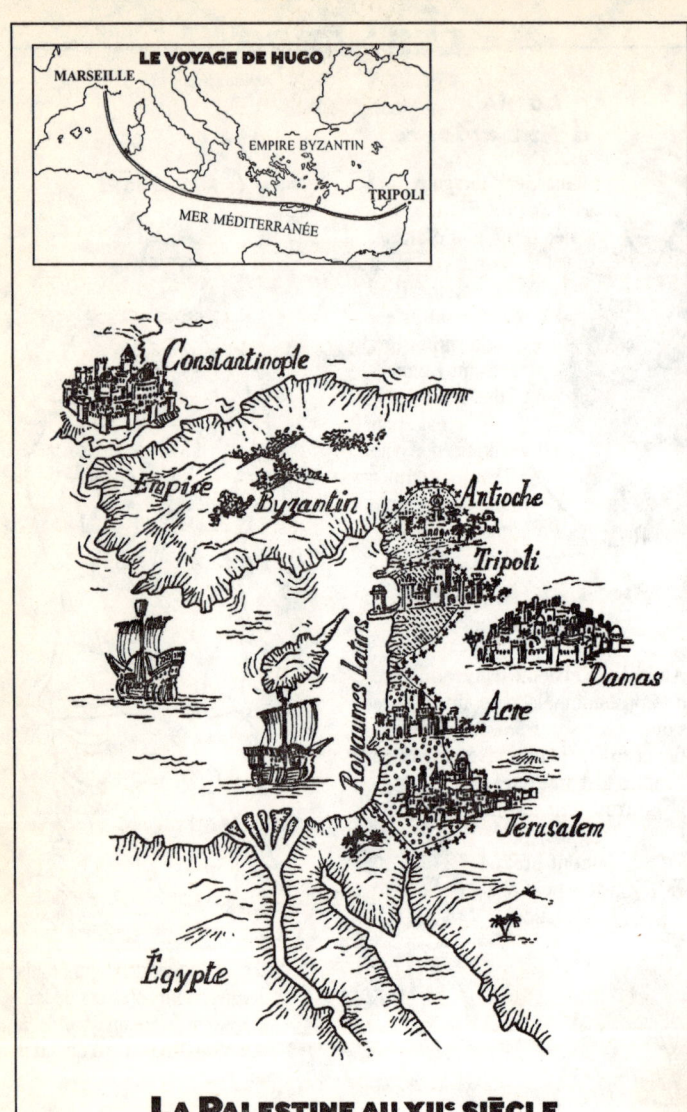

1

*Cela se passe il y a près de mille ans.
Hugo, un jeune chevalier, et son ami Ancelin, originaires d'Auvergne, sont envoyés par le roi de France en mission en Palestine à la recherche d'un prince disparu.*

C'était une journée de septembre 1155. Le chevalier Hugo d'Aubepierre scrutait le ciel avec inquiétude : de gros nuages noirs assombrissaient l'horizon. Ils annonçaient l'arrivée de l'orage.
— Tu crois que nous arriverons à Tripoli avant la tempête ? demanda Ancelin, l'écuyer de Hugo.
— Aucune chance, répondit Hugo.
Comme pour confirmer ses paroles, une énorme vague vint frapper brutalement le navire sur son flanc droit. Le bateau se pencha dangereusement.
C'était une grosse nef de trente mètres de long, à trois ponts superposés. Elle s'appelait *l'Étoile de Bethléem*. Le convoi de navires dont elle faisait partie transportait les voyageurs de Marseille à Tripoli, en Asie Mineure. En ces temps-là, les bateaux naviguaient toujours en groupe pour pouvoir faire face aux attaques des pirates.
La nef était lourdement chargée. Des tonnes de marchandises s'empilaient sur le pont inférieur :

les ballots de drap voisinaient avec les jarres de miel et les caisses d'antimoine, un métal servant à la fabrication des armes.

Ces richesses n'intéressaient pas Hugo. Le jeune chevalier s'inquiétait surtout pour son cheval, Ardent, et pour Viking, le cheval d'Ancelin. Les deux bêtes étaient attachées à côté des marchandises. Avec les mouvements du navire, les caisses risquaient à tout instant de les écraser.

Des croisés se tenaient fièrement à l'écart. C'étaient des guerriers qui partaient en Orient pour défendre les terres conquises au cours des croisades. Comme Hugo d'Aubepierre, la plupart d'entre eux étaient de noble naissance.

Hugo et Ancelin se rendaient en Palestine pour effectuer une mission importante : retrouver le prince Ludovic de Chartres, lointain cousin du roi de France. Le prince avait mystérieusement disparu là-bas quelques années plus tôt.

Le roi avait demandé à Louis d'Aubepierre, le parrain de Hugo, de retrouver discrètement Ludovic. Louis d'Aubepierre, héros de la croisade, connaissait bien la Palestine. C'est pour cette raison que le roi avait fait appel à lui. Trop vieux pour entreprendre le long voyage, Louis avait chargé son filleul d'accomplir cette mission à sa place.

Hugo avait seize ans à peine. Sa jeunesse offrait un avantage : elle écartait les soupçons. On ne se méfiait pas d'un adolescent. Car la mission était périlleuse : le prince Ludovic de Chartres avait

beaucoup d'ennemis. On disait qu'il avait été enlevé, emprisonné, ou même assassiné. Ceux qui le recherchaient couraient donc un danger.
Hugo et Ancelin avaient trouvé une place sur le deuxième pont du navire, où se tenaient cinq cents pèlerins. Le jeune chevalier admirait le courage et la foi de ces gens qui avaient tout abandonné pour se rendre à Jérusalem, la Ville sainte. Ce long voyage en mer leur avait coûté une fortune. Presque sans ressources, ils étaient malmenés par l'équipage dont ils gênaient la manœuvre.
– On ne voit plus le rivage ! s'alarma Ancelin.
Les falaises, qui avaient surgi à l'horizon, étaient à présent masquées par des montagnes d'eau, toutes blanches d'écume. Les autres navires du convoi avaient disparu, eux aussi. On aurait dit que la tempête avait entraîné *l'Étoile de Bethléem* vers la haute mer. Ce n'était qu'une illusion. En réalité, le bateau s'approchait de la côte parsemée de dangereux récifs.
Le capitaine du navire et son pilote, perchés sur la plate-forme du grand mât, observaient les rochers avec inquiétude. Le pilote hurlait sans cesse des ordres, que les marins répercutaient jusqu'à l'homme de barre. Celui-ci avait du mal à tenir son gouvernail.
Pour échapper au vent, on avait abaissé les trois voiles triangulaires, et le lourd navire était ballotté par les vagues.
Parmi les pèlerins il y avait un grand nombre de

femmes et d'enfants. Trempés par la mer déchaînée et terrorisés par la tempête, ils s'accrochaient les uns aux autres. Certains s'étaient jetés à genoux et priaient.

Soudain, une petite fille aux cheveux blonds se détacha du groupe. À travers le fracas des vagues, Hugo entendit le cri d'effroi de la mère. Le pont du navire s'inclina et l'enfant perdit l'équilibre, se rapprochant dangereusement du bord. Une vague balaya le pont. La fillette tomba sur le dos et glissa en hurlant. Déjà, ses jambes étaient hors du navire…

Hugo bondit à son secours. D'une main, il s'accrocha à un cordage, de l'autre, il saisit le bras de l'enfant. Tirant de toutes ses forces, il la ramena auprès du grand mât.

Le bateau se redressa, facilitant la tâche de Hugo. Il tendit la fillette à Ancelin.

— Ramène-la à sa mère, dit-il.
— Attention ! hurla Ancelin.

Hugo sentit le bateau frémir. Il se retourna et vit une vague gigantesque s'abattre sur le pont. Il la reçut en pleine poitrine et fut projeté en arrière. Sa tête frappa le bord. Il tomba du haut du pont, six mètres plus bas.

La mer l'engloutit aussitôt.

Dans un effort désespéré, il refit surface. Mais ses habits de cuir et ses armes l'alourdissaient. Le navire s'éloignait. Les vagues recouvrirent l'adolescent. L'eau étouffa son cri d'épouvante.

2

Au moment où Hugo disparaissait dans les flots déchaînés, une barque longeait la côte de Tripoli, avec deux hommes à bord. Ils ramaient énergiquement pour éviter les rochers. De temps en temps, l'un d'eux abandonnait ses avirons et vidait l'eau qui remplissait la barque.

Ils transportaient du sel. À cette époque, le sel valait une véritable fortune. Seuls les Templiers, des moines guerriers, avaient le droit de le vendre dans le comté de Tripoli. C'est pourquoi les deux hommes profitaient de la tempête pour échapper au contrôle des gardes. En faisant commerce du sel, ils commettaient un crime et risquaient la pendaison. Mais la contrebande leur rapportait tellement d'or qu'ils en oubliaient les risques.

– Dépêchons-nous, le sel va fondre dans l'eau, gronda l'un deux.

L'autre répondit par un hurlement de peur.

À travers le brouillard, l'écume et la pluie, ils virent une masse gigantesque se diriger droit sur eux. C'était une nef. Ils forcèrent sur les avirons pour écarter leur barque. Pris entre les vagues et les remous provoqués par la coque géante, le petit bateau faillit chavirer. La nef était si proche qu'ils purent lire son nom : *l'Étoile de Bethléem*. Ils entendirent les cris de l'équipage et les hurlements des passagers.
Leur frêle embarcation se redressait lorsqu'une vague énorme balaya tout sur son passage.
– Regarde ! hurla l'un des contrebandiers.
Une forme claire venait d'être arrachée du pont du navire. Elle tomba dans les flots à quelques mètres seulement de leur barque.
– Un homme ! s'exclama le deuxième contrebandier en observant les tentatives de Hugo pour refaire surface.
Les deux hommes ramèrent de toutes leurs forces pour se rapprocher du naufragé. Au moment où ils allaient l'atteindre, celui-ci fut englouti.
– Prends la gaffe ! ordonna l'un des contrebandiers.
Il continua à ramer. Son compagnon avait une taille de géant. Il saisit une longue perche terminée par deux crocs de fer. Avec ces pointes recourbées, il tenta d'accrocher les vêtements de Hugo. Mais les vagues, toujours plus grosses, les recouvraient et menaçaient de retourner la barque.
– Je n'y arrive pas ! cria-t-il.

— Tant pis, laisse-le ! dit celui qui ramait. On ne va pas mourir pour lui !
Le géant tomba sur les ballots de sel. La barque était pleine d'eau ; il fallait écoper. Les deux hommes allaient abandonner Hugo à son sort lorsqu'une vague porta le jeune chevalier vers l'embarcation. Il heurta le bord. Le géant plongea sa gaffe dans l'eau écumante. Les crocs de fer accrochèrent la tunique.
— Je le tiens ! cria l'homme.
Il saisit le corps de Hugo à pleins bras et le fit basculer dans l'embarcation. Ensuite, sans s'occuper davantage de l'adolescent, il se mit à vider l'eau qui alourdissait la barque. Pendant ce temps, son compagnon ramait tant qu'il pouvait vers le rivage.
— Fais vite ! dit le rameur.
Le géant entreprit alors de dépouiller Hugo. Il lui enleva ses bottes de cuir, son épée, son ceinturon et sa tunique. Il détacha la bourse et la soupesa.
— Belle prise ! siffla-t-il avec satisfaction.
— Fais vite ! répéta le rameur.
Il voulait rejeter Hugo à la mer après avoir récupéré toutes ses richesses. Mais, au moment où le géant soulevait Hugo, celui-ci poussa un faible gémissement. L'homme l'examina avec plus d'attention. Il vit un adolescent de belle apparence ; sous les longs cheveux blonds, collés au visage, on devinait la noblesse des traits.
— C'est peut-être un chevalier ? cria le géant.

— Qu'est-ce que ça change ? grogna le rameur.
— Il est vivant ! protesta l'autre.
— Plus pour longtemps ! ricana son compagnon.
Ils étaient obligés de hurler pour se faire entendre dans la tempête. Le contrebandier qui avait sauvé le jeune chevalier ne se décidait pas à le rejeter à la mer. Il pensait que ce crime leur porterait malheur. Tripoli n'était plus très loin, mais les récifs étaient nombreux dans ces parages.
— Il nous aidera à franchir le poste de garde, objecta-t-il.
Le rameur renifla avec désapprobation. Mais il se tut, car il savait que son compagnon avait raison. En constatant qu'ils avaient porté secours à un chevalier, les gardes oublieraient de contrôler leur cargaison.
Trois heures plus tard, la barque des contrebandiers atteignait le port de Tripoli. La tempête s'était calmée. *L'Étoile de Bethléem*, qui avait évité le naufrage, était déjà à l'ancre. Le pont du bateau semblait désert.
La barque alla se ranger au fond du port, se faufilant au milieu d'une forêt de mâts.
Les contrebandiers étaient brusquement devenus d'innocents pêcheurs de sardines. Avant de partir, ils avaient chargé dans leur barque des paniers de poissons pour tromper les gardes. Mais ce jour-là, ces précautions étaient inutiles : la pluie noyait le port, et les gardes étaient absents.
Le grand contrebandier disparut un moment. Il revint avec quatre complices, qui l'aidèrent à

cacher les ballots de sel dans une cave. Hugo, toujours évanoui, fut transporté dans une taverne proche du port.
Quelques heures plus tard, débarrassé de ses vêtements mouillés, frotté avec de l'alcool, réchauffé sous de grossières couvertures, Hugo dormait paisiblement. Une vieille femme veillait sur lui. Le géant qui lui avait sauvé la vie s'approcha de la paillasse où il était étendu.
— Comment va-t-il ? demanda l'homme.
— Bien, dit la vieille. Il a dû heurter le bateau en tombant. Il a une vilaine blessure sur la nuque. Rien de grave. Il sera vite guéri : il n'a pas avalé beaucoup d'eau. Et puis il est jeune et solide.
Elle contempla avec attendrissement son beau visage et demanda :
— Qui est-ce ?
— Un jeune seigneur, un croisé. Il s'appelle Marcantour.
— Comment le sais-tu ? demanda la vieille.
— Ce nom était brodé sur sa bourse. J'ai prévenu le capitaine.
— Le capitaine ?
Elle le dévisagea avec stupéfaction. L'homme n'avait pas l'habitude de mêler le capitaine des gardes à ses affaires, car on le soupçonnait depuis longtemps de se livrer à la contrebande du sel.
« Après tout, ça le regarde », pensa la vieille.
Le contrebandier s'en alla aussitôt, et la femme finit par s'assoupir.

Dehors, la pluie avait cessé. Un vent violent chassait les nuages. Le soleil couchant baignait la chambre d'une lumière dorée. C'était une pièce minuscule aux murs blancs. Avec le soleil, la chaleur était revenue, une chaleur humide. Hugo avait rejeté ses couvertures en gémissant. La vieille continuait à dormir.

Soudain, une ombre envahit la pièce. Elle tombait d'une lucarne qui ouvrait sur le toit de la taverne. Un personnage inquiétant, vêtu d'une longue cape brune, enjamba le rebord de la fenêtre. Un capuchon masquait son visage. Il s'avança silencieusement vers le lit de Hugo. D'une de ses manches une main surgit. Elle brandit une lame effilée au-dessus de la poitrine nue du chevalier endormi.

3

En voyant Hugo emporté par les vagues, à bord de *l'Étoile de Bethléem*, Ancelin avait failli se jeter à la mer pour mourir avec lui. Car Hugo d'Aubepierre n'était pas seulement son chevalier, c'était aussi son meilleur ami et son frère de lait. Seize ans auparavant, ils avaient été élevés par la même nourrice, la mère d'Ancelin. Une solide affection les unissait depuis toujours.
Ancelin avait bondi sur le bord du navire, mais trois hommes l'avaient retenu. Aussi, après avoir vu disparaître son frère, l'écuyer s'était-il mis à sangloter. La mère de la fillette que Hugo avait sauvée au péril de sa vie avait tenté de le consoler. « Priez, avait-elle dit. Dieu ne laissera pas mourir un si noble seigneur. » Mais rien ne put apaiser la douleur d'Ancelin : ni la fin de la tempête, ni l'arrivée au port, ni la joie des pèlerins.
Accroupi sur le pont, il contemplait d'un œil indifférent les bateaux du convoi qui accostaient l'un

après l'autre, et les hommes qui déchargeaient des marchandises dans un climat de fête.

Dès qu'ils eurent débarqué, les pèlerins se regroupèrent par nations : Auvergnats, Provençaux, Allemands, Angevins, et bien d'autres encore. Des moines faisaient le tour des voyageurs pour leur offrir une boisson à base de miel.

Au bout d'une heure, un marin vint bousculer Ancelin :

— Tes chevaux !

L'écuyer le regarda sans comprendre.

— Tes chevaux, insista l'homme, dépêche-toi ! Il faut débarrasser le pont du bateau. Je n'ai pas envie de passer la nuit à bord.

Ancelin se souvint alors d'Ardent et de Viking. Il alla chercher les bêtes et les conduisit à terre par une étroite passerelle. Ardent, le cheval de Hugo, avait bien supporté le voyage. L'animal paraissait tout joyeux. « C'est le signe que Hugo a survécu à la tempête ! » se dit Ancelin avec espoir.

Il confia les chevaux à une écurie que lui indiqua un moine, puis il se précipita vers le port pour louer une barque et entreprendre des recherches. Dans cette ville fiévreuse et surpeuplée, les nouvelles allaient très vite. C'est là qu'il entendit parler d'un jeune seigneur sauvé en pleine tempête.

Cependant, les pêcheurs qui le renseignaient refusaient de lui en dire davantage. On aurait cru qu'ils avaient peur de prononcer certains noms.

— Qui est ce jeune seigneur ? Où est-il ? Est-il

blond ? Et son nom ? Aubepierre, Hugo d'Aubepierre, vous connaissez ? insistait Ancelin.
Les pêcheurs haussaient les épaules et lui tournaient le dos.
L'adolescent s'adressa aux gardes, mais ceux-ci furent incapables de lui répondre. Alors il visita les boutiques, interrogea les barbiers, les bouchers, les orfèvres. Ils ne savaient rien. Les croisés qu'il rencontrait ne parlaient pas sa langue.
Il commençait à désespérer. Il questionna un vieux marin occupé à réparer un filet de pêche. L'homme paraissait muet. Absorbé dans son travail, il n'accorda pas un regard à Ancelin. L'écuyer avait envie de le saisir par son habit de toile usé et décoloré par la mer et de le secouer pour qu'il parle. Mais il eut une meilleure idée : il ouvrit sa bourse. Le tintement des pièces d'argent eut un effet magique : le marin devint soudain bavard. Il se mit à faire à Ancelin le récit du sauvetage du jeune noyé au large de Tripoli. Ancelin fit tomber trois pièces d'argent dans la main du pêcheur. Aussitôt, celui-ci lui conseilla de se rendre à la taverne du Dauphin bleu, située dans une ruelle proche du port.
Ancelin courut à l'adresse indiquée. Un vent chaud et violent avait chassé les nuages. Sous la chaleur du soleil, une brume étrange s'élevait des ruelles mouillées.
Devant la taverne, une femme vêtue de noir tressait des paniers. Un petit groupe d'enfants en

haillons jouaient avec un lézard. Ancelin s'adressa à la femme.

Elle l'écouta, puis abandonna ses tiges d'osier et pénétra sans un mot à l'intérieur de la taverne. Au bout d'un moment, un homme en sortit, suivi de la femme. Il était immense. Une épaisse toison recouvrait sa poitrine. Il portait l'habit de toile des pêcheurs. C'était le plus grand des deux contrebandiers qui avaient ramené Hugo à terre.

– Que veux-tu ? demanda-t-il d'un ton bourru.

– Je cherche mon maître, le chevalier Hugo d'Aubepierre, dit Ancelin.

– Connais pas ! dit l'homme.

– Il a mon âge, il est blond. On m'a dit que vous aviez sauvé un jeune seigneur perdu dans la tempête, insista Ancelin.

– Le chevalier que nous avons repêché ne s'appelle pas Aubepierre, mais Marcantour, dit le géant en tournant le dos à Ancelin.

– Attendez, cria Ancelin. C'est bien lui ! C'est le même !

L'homme se retourna et regarda Ancelin d'un air méfiant. L'écuyer renonça à lui expliquer que Marcantour était le véritable nom de Hugo et qu'il avait pris celui d'Aubepierre pour échapper à son père, un seigneur brigand brutal et tyrannique.

Comme il l'avait fait avec le vieux marin, il tira sa bourse et fit tinter des pièces d'argent. Aussitôt, le visage du géant se radoucit. Ancelin posa la bourse dans la main de l'homme.

– Viens ! dit celui-ci en refermant le poing sur l'argent offert.

Ils pénétrèrent dans la taverne à l'aspect misérable. Autour de quelques tables, des marins et des individus aux allures de pirates buvaient du vin dans des pichets en terre cuite.

À la suite du contrebandier, Ancelin gravit l'échelle de bois menant à l'étage. Face à l'échelle il y avait deux portes. Le contrebandier ouvrit celle de gauche. Une petite pièce apparut.

Une silhouette sombre était penchée au-dessus d'une paillasse disposée à même le sol.

Quand la porte s'ouvrit, la silhouette se redressa brusquement. Ancelin, qui entrait, vit la main du personnage armée d'un poignard et, sur la paillasse, le corps de Hugo inanimé. Il poussa un cri de rage et dégaina son épée pour défendre son frère de lait. Le contrebandier, plus rapide, le bouscula et se précipita dans la chambre.

Le mystérieux personnage bondit vers la fenêtre. Au moment où il franchissait le rebord, le contrebandier sortit de sa ceinture un couteau de pêcheur et le lança. La lame cloua au mur le capuchon du fuyard. Arrêté dans son élan, l'assassin tira d'un coup sec, et la cape se déchira. Il disparut aussitôt. Le contrebandier tenta de le poursuivre, mais, en raison de sa taille, il eut du mal à franchir la fenêtre. Lorsqu'il y parvint, la silhouette était déjà loin. On la voyait sauter de terrasse en terrasse avec une grande agilité.

Pendant ce temps, Ancelin secouait avec désespoir le corps du jeune chevalier.
— Qu'est-ce qui te prend ? grogna Hugo en ouvrant les yeux.
— Tu es vivant ! Dieu soit loué ! s'écria Ancelin en le secouant de plus belle.
— En tout cas, ce n'est pas grâce à toi ! grimaça Hugo en portant la main à son crâne. Qu'est-ce qui m'est arrivé ?
— Tu es tombé à la mer, mon petit, dit la vieille en se réveillant à son tour.
— Tombé à la mer ? répéta Hugo. Oui, oui, je me souviens, la tempête était effrayante. Une force m'attirait…
— C'est mon fils qui t'a sauvé, dit la vieille.
— Mais quelqu'un voulait te tuer ! ajouta Ancelin d'une voix excitée.
— Me tuer ? s'étonna Hugo en s'asseyant péniblement. Que veux-tu dire ?
— Le tuer ! s'exclama la vieille.
Plongée dans un profond sommeil, elle n'avait pas aperçu la silhouette au poignard.
— Demande à ce brave homme ! Sans lui, tu serais mort ! s'écria Ancelin en montrant le géant qui venait de regagner la chambre. Vous l'avez rattrapé ? s'adressa-t-il à ce dernier.
Le contrebandier secoua la tête :
— Il était trop loin.
Il retira son couteau planté dans l'encadrement de la fenêtre, et il examina le morceau de toile

déchirée abandonné par le fugitif. Il en sépara une poignée de fils noirs.
— C'est curieux, murmura-t-il.
— On dirait des fils de soie, dit Ancelin en s'approchant.
— De la soie, oui, confirma le pêcheur, perplexe.
Il porta le tissu et les fils de soie à son visage pour les examiner de plus près.
— Est-ce qu'on va m'expliquer ce qui se passe ? s'exclama Hugo, excédé.
— Vous avez des ennemis ? demanda le contrebandier.
Hugo ouvrit de grands yeux :
— Des ennemis ? Vous plaisantez ? J'arrive à peine. Comment voulez-vous que j'aie des ennemis !
— Peut-être à bord du navire qui vous a amené ? insista le contrebandier.
— Puisque je vous dis que je n'ai pas d'ennemis ! D'ailleurs, personne ne sait que je suis ici.
— En tout cas, quelqu'un a bien essayé de vous tuer, affirma le géant.
— Mais qui ? dit Hugo en haussant les épaules.
— Ça, je l'ignore, répondit le contrebandier. C'est à vous de répondre à cette question. Par deux fois je vous ai sauvé, mais je ne peux pas veiller sur vous jour et nuit, et vous risquez d'attirer le malheur sur cette maison.
Il regarda à nouveau les fils de soie noire avec une expression étrange. On aurait dit qu'il avait peur.

– Je comprends, dit Hugo en se mettant debout. Nous allons partir. Je vous remercie de m'avoir secouru.
Ses affaires avaient été déposées avec soin dans un angle de la pièce : sa tunique, son épée, ses bottes et sa bourse.
Il remit celle-ci à son sauveur, qui l'accepta avec un grognement d'approbation. Si Hugo l'avait ouverte, il se serait aperçu que le contrebandier s'était déjà généreusement servi ; mais le jeune homme était trop fier pour compter.
– Faites attention ! lui conseilla le géant.
La nuit était tombée. Autour de la taverne, les ruelles étaient désertes.
À l'instant où ils sortaient, Ancelin crut apercevoir derrière une charrette abandonnée une silhouette sombre et l'éclat d'une lame.

4

Ancelin oublia très vite la crainte qu'il avait ressentie devant la mystérieuse silhouette entrevue dans la nuit. En effet, à la porte de la taverne, lui et Hugo trouvèrent un chevalier et quatre sergents. Ces hommes venaient les chercher de la part de leur maître, Raymond de Tripoli.
Prévenu qu'un chevalier du nom de Marcantour était arrivé au port, le capitaine de la garde avait averti le comte Raymond de Tripoli. Quelques années plus tôt, le père de Hugo, Bernard de Marcantour, avait été le compagnon d'armes du comte. Ensemble, ils avaient remporté plusieurs victoires au cours de la croisade. Lorsque Marcantour avait regagné son Auvergne natale, le comte avait éprouvé une réelle tristesse.
En le croyant revenu à Tripoli, ce jour-là, il avait laissé éclater sa joie.
— Il est tombé du bateau. Un pêcheur l'a recueilli en pleine tempête, avait expliqué le capitaine.

— Tout le monde sait bien que Bernard de Marcantour est immortel ! s'était écrié le comte en riant de bon cœur.
— Mais il s'agit d'un jeune garçon de seize ans environ, à ce qu'on raconte.
— Alors, c'est sans doute son fils, avait dit le comte. J'espère qu'il ressemble à Bernard. Vous verrez, il n'existe pas de chevalier plus redoutable. Tous les Marcantour sont ici les bienvenus.
Il avait aussitôt ordonné d'envoyer une escorte et de remettre une bourse à l'homme qui avait recueilli le naufragé.
C'est ainsi que Hugo et Ancelin gagnèrent la demeure du comte. C'était une forteresse puissante, construite bien des années auparavant, durant le long siège qui avait permis aux croisés de s'emparer du port musulman. Elle se dressait sur une hauteur dominant la ville. Une cité nouvelle se blottissait à ses pieds.
En chevauchant le long de la rampe par laquelle on accédait au château, Hugo admirait la puissance des fortifications. Sous la clarté livide de la pleine lune, les murailles et les tours semblaient sortir d'un rêve.
À part une douleur à la nuque, due au choc contre le bord du navire, Hugo ne gardait aucune trace de son aventure.
Raymond de Tripoli l'attendait dans la cour d'honneur du château.
— Tu es le fils de Marcantour, n'est-ce pas ? Tu lui

ressembles, dit le comte en l'écrasant dans ses bras.
C'était un homme d'une force prodigieuse.
– Oui, Monseigneur, répondit Hugo, contrarié que son véritable nom soit révélé. Je suis Hugo de Marcantour.
– Parle-moi de ton père, fit le comte en entraînant son jeune invité dans les couloirs de la forteresse. Comment va-t-il ? Songe-t-il à revenir parmi nous ?
– Il y a un an que je ne l'ai pas vu, avoua Hugo.
– Tu ne viens donc pas d'Auvergne ? demanda le comte en fronçant les sourcils.
– Si, Monseigneur, dit Hugo en rougissant, mais je ne vis plus à Marcantour. Je porte maintenant le nom d'Aubepierre.
Le comte partit d'un grand rire et frappa le dos de Hugo avec une force qui le fit chanceler.
– Tu es fâché avec ton père, c'est ça ? Inutile de prétendre le contraire. Je vous connais, les Marcantour. Tous les mêmes ! Têtus, violents, indomptables. Plutôt mourir que courber la tête, et plutôt tuer que mourir. C'est votre devise, n'est-ce pas ? Ton grand-père était déjà comme ça. Ton père, n'en parlons pas ! Quant à toi, je parie que tu es de la même espèce. Ainsi, tu t'es disputé avec ton père ?
Hugo inclina la tête avec tristesse. Il évita de préciser que, après s'être conduit en héros durant la croisade, Bernard de Marcantour était devenu un seigneur brigand.

— Louis d'Aubepierre m'a recueilli et m'a armé chevalier, dit-il.
— Louis d'Aubepierre ? Je le connais, lui aussi. Le Prince du désert, c'est ainsi qu'on le surnommait à cause de son courage. Nous avons combattu ensemble. Son épée était redoutable !
— C'est moi qui la porte maintenant, dit Hugo avec fierté.
— Pour porter son épée, tu dois être toi-même un fameux guerrier, dit le comte. Ça te plairait de vivre ici, de faire partie de mes chevaliers ? Tu habiterais dans ce château. On l'appelle le château des Paladins, car de grands personnages y ont vécu avant nous. Depuis près de cinquante ans, il résiste à tous les assauts ennemis.
Tout en parlant, ils étaient entrés dans une salle illuminée de flambeaux et de cierges de cire. Le sol était recouvert de tapis aux couleurs vives. Les meubles et les objets étaient d'une richesse extraordinaire.
Le comte lui présenta un à un les cinquante chevaliers de sa maison et quelques seigneurs des environs.
— Te sens-tu la force de partager notre festin ? demanda Raymond de Tripoli.
— Est-ce une épreuve si terrible ? demanda Hugo en souriant.
Le comte explosa de rire :
— Plus que tu l'imagines ! Nos vins de Chypre et de Judée ont assommé des guerriers plus solides que toi.

— La mer elle-même n'est pas arrivée à me noyer ! répliqua Hugo.

Cette réponse fit bien rire le comte et ses hommes. Raymond de Tripoli entraîna Hugo vers les tables du banquet et l'installa à l'une des places d'honneur. Les invités étaient nombreux. Lorsque les seigneurs, les chevaliers et leurs dames furent assis, le comte se pencha vers Hugo et lui dit :

— Tu n'as pas répondu à ma question : veux-tu faire partie de ma maison ? Si ton courage est digne de celui de ton père, je ferai ta fortune.

— C'est un grand honneur, Monseigneur, dit Hugo. J'y répondrai peut-être un jour, mais pour l'instant il me faut remplir la mission dont m'a chargé mon parrain.

Il se demanda s'il devait parler au comte du prince Ludovic de Chartres. Mais il se souvint que le comte de Tripoli n'était pas l'ami du prince. Alors, il décida d'attendre un moment plus favorable.

— Je dois me rendre à Jérusalem pour accomplir un vœu fait jadis par Louis d'Aubepierre.

— Pourquoi n'est-il pas venu en personne ? s'étonna le comte.

— Mon parrain est entré dans les ordres. Il est maintenant prieur de l'abbaye Saint-Étienne-des-Forêts, ce qui occupe tout son temps. De plus, il est trop âgé pour entreprendre un si long voyage.

— Le Prince du désert s'est fait moine ! Dommage qu'il ne soit pas devenu un moine soldat, comme les Templiers. C'était un vrai guerrier !

— Il ne voulait plus combattre, expliqua Hugo.
— Les croisades font trop de morts, je sais, dit le comte. J'ai souvent rêvé moi-même de déposer les armes. Mais, sans nous, ce pays n'existerait plus, et Jérusalem serait aux mains des musulmans.
Il s'interrompit. Des serviteurs, vêtus de soie bleue, servaient des poissons et du gibier dans de la vaisselle d'or.
« Il faut que je parle du prince de Chartres », pensa Hugo.
— Louis d'Aubepierre m'a raconté les exploits des héros de la croisade, dit-il : Godefroy de Bouillon, Raymond de Saint-Gilles, Tancrède de Hauteville, Ludovic de Chartres...
Il avait prononcé ce dernier nom avec détachement. Le comte réagit aussitôt.
— Ludovic de Chartres ! Ce n'était pas un héros, du moins pas comme les autres, gronda-t-il.
— Il n'est pas mort au combat ? demanda Hugo.
— Non, dit le comte, il a disparu.
— Disparu ? Vous voulez dire qu'il s'est enfui ! C'était donc un lâche ?
Le comte eut un geste d'irritation.
— Il ne s'est pas enfui, il a disparu. Et le trésor qu'il transportait s'est envolé avec lui.
— Un trésor ?
— La paye de l'armée royale. Une vraie fortune.
— Le prince était riche, objecta Hugo. Pourquoi aurait-il volé le roi ?
— Il était couvert de dettes, rétorqua le comte.

C'était un homme étrange, un peu fou, dangereux parfois.
– Mais comment aurait-il pu disparaître ? Un prince, ça se remarque. Et avec un trésor, en plus !
Le comte de Tripoli fronça les sourcils :
– Tu t'intéresses beaucoup à ce personnage !
– C'est vrai, admit Hugo. Je trouve cette aventure extraordinaire. Disparaître ainsi, en plein désert, comme un esprit !
– Un esprit du mal, grommela le comte. Le prince insultait tout le monde. Il n'avait pas d'amis.
– Et des ennemis ? demanda Hugo.
– Beaucoup, avoua le comte.
– Et si on l'avait assassiné ?
– Pourquoi dis-tu ça ? demanda le comte.
– Parce qu'il était dangereux, c'est vous qui l'avez dit…
Hugo s'interrompit, car le comte se leva pour accueillir de nouveaux invités. Lorsqu'il revint à sa place, Hugo tenta à plusieurs reprises de reprendre leur conversation. Chaque fois, son hôte changeait de sujet.
« Je n'en saurai pas plus, pensa Hugo. Le comte déteste Ludovic de Chartres, c'est évident. »
– Quand veux-tu partir pour Jérusalem ? demanda brusquement le comte.
– Dans une semaine ou deux, répondit Hugo. Le temps de réunir mon équipement.
– Ton équipement, je m'en charge, dit le comte. Quant à ton voyage, tu dois l'entreprendre en

groupe. On ne peut pas voyager seul dans ce pays. Nous sommes en temps de paix, mais les routes sont infestées de brigands. L'une de nos caravanes partira pour la ville d'Acre le mois prochain. Tu pourras te joindre à elle.
Il fit un signe à un homme d'une vingtaine d'années qui mangeait à une table voisine. Celui-ci se leva et vint s'incliner devant lui.
— Je te présente Aymond Ferragut, dit Raymond de Tripoli. C'est lui qui commandera la caravane. Aymond, le chevalier d'Aubepierre vous accompagnera à Jérusalem.
— Aubepierre..., répéta Aymond comme s'il cherchait un souvenir enfoui dans sa mémoire.
Ses yeux bleus brillaient d'un feu intense. Hugo eut l'impression que ce regard pénétrait ses pensées. Il en éprouva un vague malaise. Puis Aymond sourit ; son visage mince s'éclaira. Ses mains nerveuses saisirent les mains de Hugo.
— Je serai heureux de voyager en votre compagnie, Messire, dit-il.
Il avait un accent étranger qui donnait du charme à ses paroles.
Le festin dura longtemps. En regagnant leur chambre, vers minuit, Hugo et Ancelin étaient à moitié assommés par la fatigue et le vin. Ils ne virent pas une ombre mystérieuse les suivre pas à pas le long des corridors du château.
L'ombre resta un moment devant leur porte, puis elle disparut.

5

Hugo et Ancelin attendirent que la caravane fût prête à quitter Tripoli. Les jours passaient vite dans le château du comte.

La veille du départ, Hugo parcourait une dernière fois les rues de Tripoli. Il avait récupéré son cheval, Ardent. La bête secouait la tête avec orgueil. On aurait dit qu'elle était fière de se promener en compagnie de son maître. Les gens admiraient le jeune chevalier et sa monture.

Hugo était richement vêtu, et Ardent arborait une selle neuve. La bourse de l'adolescent se gonflait de pièces d'or : le comte s'était montré très généreux. Hugo se trouvait un peu ingrat de quitter ce noble personnage qui le traitait comme son propre fils.

Le comte avait besoin de soldats : les musulmans venaient de s'emparer de Damas, une ville voisine. Un jour prochain, ils menaceraient Tripoli. Le jeune chevalier aurait voulu mettre son épée au service du comte. Mais il devait d'abord remplir sa mission : retrouver Ludovic de Chartres. « Ce n'est pas à Tripoli que j'apprendrai quelque chose », se répétait-il. Les gens ne se souvenaient même plus du prince de Chartres. Le comte, lui, refusait maintenant de prononcer son nom. « Espérons que j'en saurai plus à Jérusalem ! »

Perdu dans ses pensées, Hugo mit pied à terre. Il ôta son casque et s'essuya le front. La lumière était aveuglante, le soleil lui brûlait la peau. À quelques pas de lui, devant la cathédrale Sainte-Marie-de-la-Tour, il y avait une fontaine ronde. Hugo s'en approcha pour se désaltérer.

Il plongea ses mains dans l'eau fraîche. Au même instant, il entendit le hennissement d'Ardent. Une silhouette sombre se refléta dans le miroir de la fontaine. Instinctivement, Hugo se retourna. Il vit l'éclat d'une lame effilée qui s'abattait sur lui. Il s'écarta d'un mouvement brusque et chercha à saisir le bras de son agresseur. Mais celui-ci s'enfuit avec un grognement de rage. Hugo eut juste le temps de voir la cape brune qui enveloppait l'inconnu de la tête aux pieds.

Sans perdre un instant, le jeune chevalier bondit en selle et tira son épée. En quelques foulées, il rattrapa le fugitif. Mais, au moment où il allait l'atteindre, celui-ci escalada une échelle et disparut sur les toits. Hugo renonça à le poursuivre et regagna le château. En écoutant le récit de l'attentat, le comte s'assombrit.

— Pourquoi m'avoir caché qu'on avait déjà essayé de te tuer ? dit-il d'un ton de reproche.
— Je pensais qu'il s'agissait d'une erreur, répondit Hugo. Maintenant je n'ai plus aucun doute : c'est bien ma vie qui est menacée.

Le comte se mit à arpenter d'un pas nerveux la salle d'armes où ils se trouvaient :

— Je n'y comprends rien ! D'après ta description, ce mystérieux assassin ressemble à un Ismaélien. Tu sais qui sont les Ismaéliens ?
— Non, avoua Hugo.
— Ce sont les membres d'une secte redoutable. Cette secte est commandée par un vieil homme qui vit dans un château imprenable, au milieu des montagnes. Il dirige une armée d'assassins. Quand il condamne un homme, aussi puissant soit-il, cet homme est exécuté. Mais il ne tue pas au hasard. Pourquoi t'en voudrait-il, à toi ? Je ne comprends pas !

« Moi, je comprends, pensa Hugo. Il ne peut s'agir que de ma mission. On veut m'empêcher de retrouver le prince de Chartres. Ou m'empêcher de démasquer ses meurtriers. Mais comment a-t-on appris la nature de cette mission, alors que je n'en ai jamais parlé à personne ? »

— C'est peut-être mon père qu'on veut frapper à travers moi ? suggéra-t-il.

Le comte balaya l'hypothèse d'un geste :

— Lorsque ton père était ici, nous étions alliés au Vieux de la Montagne. Les Ismaéliens combat-

taient avec nous… Non, ce n'est pas ça, il y a autre chose. As-tu des ennemis ?
Hugo secoua la tête :
— On m'a déjà posé la question. Je n'ai que des amis. Du moins, je crois. De plus, je ne connais personne à Tripoli. À part vous, Monseigneur.
— Et moi, chevalier, dit Aymond Ferragut en pénétrant dans la salle d'armes.
Le jeune homme s'inclina devant le comte.
— Monseigneur, ajouta-t-il, veuillez me pardonner d'avoir surpris votre conversation. Si je peux vous être utile, disposez de moi.
— Aymond, tu tombes bien ! se réjouit le comte en le prenant amicalement par le bras. La vie de Hugo est en danger. Peux-tu veiller sur lui ?
— Je vous promets qu'il ne lui arrivera rien à Tripoli, s'écria Aymond avec fougue.
Il plongea ses yeux dans ceux de Hugo. Comme la veille, celui-ci se sentit transpercé par le regard fiévreux du jeune chevalier.
Aymond se retourna et fit un geste vers la porte :
— Pendant notre voyage, si vous le voulez bien, nous serons deux à veiller sur vous.
Répondant à son signal, une jeune fille d'une extraordinaire beauté entra dans la salle d'armes.
— Monseigneur, je vous présente ma sœur, Aude, dit Aymond.
— Ta sœur ? s'étonna le comte.
Il contempla la jeune fille avec admiration. Elle devait avoir quinze ans et ressemblait à son frère.

Comme lui, elle avait des yeux d'un bleu très pâle et des cheveux noirs. Mais autant Aymond était maigre et nerveux, autant Aude Ferragut était douce et gracieuse.
— Pourquoi m'avoir caché tant de beauté? demanda le comte.
— Je vivais au couvent Sainte-Catherine, dit la jeune fille en rougissant. J'en suis sortie ce matin pour accompagner mon frère à Jérusalem.
— Vous auriez dû venir plus tôt, protesta le comte.
— Après la mort de nos parents, j'avais besoin de solitude, répondit Aude.
Elle regarda Hugo avec une profonde tristesse.
— Je comprends, dit le comte. Aymond m'a raconté vos souffrances. Votre frère m'a bien servi. C'est un noble chevalier, et j'aurais aimé le garder auprès de moi. Puisque vous vous rendez à Jérusalem, voyagez ensemble, ajouta-t-il en s'adressant à Hugo. Et quand vos missions seront accomplies, revenez tous à Tripoli.
Aude s'inclina avec grâce. En la regardant s'éloigner, Hugo eut l'étrange impression de l'avoir déjà vue.
Le beau visage de la jeune fille le hanta jusqu'au soir. Préoccupé, il ne s'aperçut pas qu'un homme surveillait chacun de ses gestes. Pourtant il se sentait vaguement espionné. De temps à autre, il regardait autour de lui. Tout paraissait normal.
« Tu as peur ! » se reprocha-t-il. Alors, il se força à oublier la menace qui planait sur lui.

Ils avaient quitté Tripoli depuis deux jours. Leur caravane avançait sur un plateau rocheux dont les falaises plongeaient dans une mer bleu marine. Le vent du large adoucissait la chaleur torride du soleil. Au loin, la vue s'étendait sur des îles blanches bordées de brume.

L'expédition se composait d'une cinquantaine de personnes. À part Aymond, Aude, Hugo et Ancelin, il y avait six chevaliers. Tous portaient, cousue à leur tunique, la croix rouge des combattants de Terre sainte. Les autres étaient des pèlerins et des marchands. Leurs chariots ralentissaient la marche de la caravane.

La plupart du temps, les chevaliers distançaient le convoi. Ils étaient très jeunes, sauf un vieux soldat qui avait participé à la deuxième croisade.

Tout en chevauchant, Aude et Hugo bavardaient à l'écart des autres. La timidité de la jeune fille semblait fondre au fil des jours. Elle questionnait

Hugo sur son enfance, sa famille et son pays. Il lui parlait de frère Louis, son parrain, et de ses aventures. Mais il évitait avec soin de faire allusion à son père, car il avait honte d'être le fils d'un seigneur brigand, même si celui-ci s'était couvert de gloire en Terre sainte.
– Vous êtes bien mystérieux, soupira la jeune fille.
Elle semblait deviner qu'il lui cachait une partie de sa vie.
– Vous aussi, vous êtes mystérieuse, répliqua Hugo.
Effectivement, Aude se comportait souvent de manière bizarre. Parfois, il lui arrivait de discuter avec passion durant des heures entières. Ensuite, elle se renfermait dans un silence obstiné. Parfois elle était douce, et parfois violente, coléreuse.
Elle paraissait fragile. Pourtant, on sentait en elle une volonté et un courage peu communs chez une fille aussi jeune.
Au cours d'une halte, une heure auparavant, un serpent venimeux s'était dressé devant elle. Pas du tout effrayée, Aude avait sorti une courte épée pendue à sa ceinture et lui avait tranché la tête.
Maintenant, elle chevauchait au sommet de la falaise. Elle était si près du bord que Hugo faillit lui conseiller d'être prudente. Il se retint toutefois, pensant qu'elle se moquerait de lui. Il se contenta de demander :
– D'où venez-vous ?
– Mais… de Tripoli, répondit-elle en riant.

— Vous avez un accent étrange, Aymond et vous, insista Hugo. Vous n'êtes pas d'ici, n'est-ce pas ?
— Nous venons de Constantinople, avoua-t-elle.
Hugo ouvrit des yeux émerveillés : Constantinople, la plus grande ville du monde !
— Quelle chance vous avez d'avoir admiré tant de splendeurs ! s'exclama-t-il.
Le visage de la jeune fille se crispa.
— De la chance ? répéta-t-elle.
Brusquement, elle pressa son cheval. À cet endroit, le sommet de la falaise s'inclinait vers le rivage. Aude se lança au galop sur la pente.
— Attendez ! Attendez-moi ! cria Hugo.
Il s'élança à sa poursuite. Les cailloux roulaient sous les sabots de son cheval, des rochers et des buissons épineux lui coupaient la route. La course était follement dangereuse. Il retint Ardent. Aude, elle, continuait son galop, au mépris de la mort. Loin devant lui, il la vit s'arrêter enfin et sauter à terre. En la rejoignant, il s'aperçut qu'un gouffre entaillait la falaise.
— Qu'est-ce qui vous a pris ? demanda Hugo.
Elle tourna vers lui son visage déformé par le chagrin.
— C'est cette grotte, sanglota-t-elle. Écoutez !
Il descendit du cheval et s'approcha du gouffre. En dessous, la mer creusait une grotte aux reflets verts. Les vagues mugissaient entre les rochers, puis l'eau se retirait avec une sorte de plainte.
— C'est triste et beau, reconnut Hugo.

Aude s'essuya les yeux :
— Regardez ces fleurs, elles ont la couleur du ciel.
En se penchant, Hugo découvrit une couronne de fleurs bleues accrochées au flanc du gouffre.
— Plutôt la couleur de vos yeux, observa-t-il.
Il voulut les cueillir, mais la terre céda sous ses pieds. Il tomba. D'un geste instinctif, il saisit un buisson et se retrouva suspendu dans le vide. Cinquante mètres plus bas, la mer grondait.
Ses pieds cherchaient désespérément un appui ; mais la pente s'effritait. Le buisson auquel il s'accrochait commençait à se déraciner. Malgré la peur qui l'envahissait, il ne voulut pas crier.
En levant la tête, il aperçut le visage de la jeune fille penché vers le sien. Elle était pâle, ses lèvres tremblaient. Paralysée par l'effroi, elle paraissait incapable de faire un geste pour l'aider.
— Mon cheval ! supplia-t-il. Approchez-le !
Il voulait qu'elle conduise Ardent au bord du gouffre. Il attraperait les rênes, et le cheval le tirerait de là. Mais Aude ne semblait pas comprendre ses paroles. Elle se contentait de le regarder avec une expression étrange.
Le buisson cédait de plus en plus. De la terre lui tomba dans les yeux. Il sentit qu'il ne tiendrait plus très longtemps. Il imagina son corps rebondissant sur les parois du gouffre avant de s'écraser sur les rochers.
À bout de forces, il ferma les yeux et s'abandonna à son sort.

7

Au moment où il allait tomber, Hugo entendit un bruit de cavalcade. Il réunit ses dernières forces pour se cramponner au buisson.

Au sommet du gouffre, les têtes d'Ancelin et d'Onfroi, un jeune chevalier du groupe, remplacèrent le visage d'Aude.

— Tiens bon ! cria Ancelin.

Ils lui lancèrent leurs ceinturons. Il les saisit, et les chevaliers tirèrent ensemble. Ils étaient tous là. Hugo sortit du gouffre, les mains et les genoux en sang.

— Que diable faisais-tu dans ce trou ? gronda le vieux soldat. On l'appelle la grotte des Larmes. Elle porte malheur.

— Je cueillais des fleurs, répondit Hugo.

Ses compagnons s'esclaffèrent. Hugo chercha des yeux Aude, mais la jeune fille avait disparu.

Le jour suivant, Hugo essaya en vain de renouer leur douce complicité. Aude l'évitait. On aurait dit qu'elle avait honte d'avoir cédé à la peur.

Aymond restait constamment à côté de sa sœur. Il lui parlait à voix basse, il la soutenait quand elle descendait de cheval et quand elle marchait, comme si la jeune fille sortait de maladie.

Cette attitude contrariait Hugo. Cependant, malgré le terrible danger qu'il avait couru, il se sentait libre et heureux de vivre. Il avait oublié Tripoli, ses ombres effrayantes et l'être mystérieux qui avait tenté de l'assassiner.

Le pays qu'il traversait l'émerveillait. La caravane avait quitté la route côtière pour gagner la montagne. Les paysages étaient grandioses. Des châteaux fantastiques s'accrochaient aux sommets comme des aigles noirs.

Ancelin, lui, s'était lié d'amitié avec Onfroi. Ce jeune chevalier était originaire d'Antioche, une ville proche de Tripoli. Comme son père, il s'était mis au service du comte. C'était un adolescent joyeux et généreux, aux yeux rieurs. De deux ans l'aîné d'Ancelin, il lui racontait des anecdotes sur le pays.

Trois jours après les événements de la grotte des Larmes, les voyageurs atteignirent la Vallée sainte. Ils passèrent la nuit dans un monastère, puis ils montèrent encore plus haut.

– Voici le Toit des Anges, expliqua le vieux croisé.

C'était un immense plateau baigné par le bleu éblouissant du ciel et de la mer. De là, ils pouvaient apercevoir la grande île de Chypre, à plus de deux cents kilomètres de là.

— Écoutez! dit leur guide.
Une rumeur s'élevait autour. On aurait dit mille voix réunies. Elles étaient lentes et profondes, pareilles à un chœur d'église.
— Qu'est-ce que c'est? demanda Hugo.
— Le vent, dit le croisé, le vent dans les arbres.
Ils approchèrent d'une gigantesque forêt de cèdres. Leurs branches se déployaient comme des ailes d'oiseaux. Le croisé arrêta son cheval.
— Ces arbres ont plus de mille ans, ajouta-t-il. On dit que le vent, en les agitant, réveille leur mémoire et raconte l'histoire des siècles passés.
La caravane s'était regroupée.
— Si nous campions ici? suggéra un marchand.
— Le vent est trop violent et les nuits sont glaciales sur ce plateau, dit le vieux croisé. Il faut traverser la forêt. De l'autre côté, nous trouverons une vallée abritée.
— Tu as raison, approuva Aymond, continuons jusqu'à la tombée de la nuit. C'est plus sûr.
— La forêt est bien sombre, objecta Ancelin.
— Nous ne sommes pas en Auvergne, dit Hugo en riant.
— En Auvergne, on n'essaie pas de t'assassiner à tout bout de champ, bougonna Ancelin.
Le vieux croisé frappa son arme.
— Avec cette épée, tu n'as rien à craindre, mon garçon, assura-t-il d'un air fanfaron.
— Cette épée est certainement redoutable, mais elle a pourtant perdu la guerre, rétorqua Ancelin.

Le croisé se renfrogna et se tut.
— Tu as eu tort de te moquer de cet homme. C'est un brave soldat, dit Hugo d'un ton de reproche.
— Il a une tête d'assassin, chuchota Ancelin. Et puis, cet endroit me fait froid dans le dos.
Au cœur de la forêt, on n'entendait plus le vent. Ils cheminaient dans l'obscurité. Un épais lit d'aiguilles étouffait le bruit des sabots et le grincement des roues des chariots.
Soudain, une ombre noire jaillit d'un arbre creux. Elle frôla les naseaux d'Ardent. Le cheval se cabra. Hugo le maîtrisa avec peine.
— Mauvais présage ! grogna le vieux soldat.
— Ce n'était qu'un oiseau, dit Hugo.
Le croisé secoua la tête d'un air sinistre :
— Un oiseau ou une âme perdue.
Hugo sourit. Il ne croyait pas aux signes. Mais il aimait écouter le vieux croisé. L'homme savait raconter les grandes batailles livrées au milieu du désert et décrire les villes noircies par le feu au moment des assauts.
Une soixantaine d'années auparavant, une grande armée chrétienne avait traversé la mer pour délivrer le tombeau du Christ qui se trouvait à Jérusalem, aux mains des musulmans. Cette première croisade s'était achevée par la prise de la Ville sainte et l'occupation d'immenses territoires. Depuis, la guerre se rallumait sans cesse, car les musulmans voulaient reprendre aux chrétiens leurs possessions perdues...

À mesure que les voyageurs s'approchaient de l'extrémité de la forêt, le froid devenait plus intense en raison de l'altitude. Certains enfilèrent des vêtements de fourrure; d'autres s'enveloppèrent dans des couvertures de laine.

Soudain, la forêt s'interrompit. Ils se trouvèrent devant un précipice. L'immense plateau se cassait en deux; en face se dressait une montagne abrupte. Un petit pont en dos d'âne franchissait le vide. Le chemin continuait au-delà, le long d'une paroi vertigineuse.

La nuit commençait à tomber. On distinguait à peine la route.

– Ici nous serons en sécurité, dit le vieux croisé.

Ils attachèrent leurs chevaux à une corde tendue entre deux arbres. Ensuite, ils allumèrent un grand feu. Les marchands s'installèrent dans leurs chariots. Les chevaliers et les pèlerins s'étendirent les uns à côté des autres sous un abri rocheux.

Au petit jour, ils furent réveillés par un violent orage. Le tonnerre grondait, amplifié par les parois. Les chevaux s'agitaient nerveusement.

– Nous ne passerons jamais, dit un marchand.

Il regardait avec effroi le petit pont enjambant le précipice et l'étroit chemin taillé dans la montagne, de l'autre côté.

– Nous passerons à pied en tenant les chevaux par la bride, dit le vieux croisé.

– Pourquoi ne pas nous réfugier dans la forêt en attendant la fin de l'orage? suggéra le marchand.

— Parce que nous sommes des hommes, pas des moutons effrayés, grogna le vieux.

— Attendez-moi, je vais reconnaître la route, proposa Hugo.

Il franchit le pont sous le déluge. Au fond du précipice, un torrent furieux charriait des eaux boueuses. Sur l'autre versant, la route était glissante, mais assez large pour le passage des chariots. Elle longeait le précipice sur cent mètres, puis franchissait un col et débouchait sur un vaste plateau. À partir de là, le chemin ne présentait plus aucun danger.

Hugo rebroussa chemin. L'orage redoublait de violence ; on aurait dit qu'il tentait de l'empêcher de rejoindre ses compagnons. La pluie l'aveuglait, malgré son casque de cuir. Ses longs cheveux blonds se collaient à son visage. Son manteau blanc trempé alourdissait son corps.

La foudre explosa soudain. Son souffle repoussa Hugo contre la paroi. Il entendit hennir les chevaux terrorisés par l'orage.

Quelques secondes plus tard, il vit leur troupeau traverser le pont et se précipiter sur lui. La foudre tomba à nouveau. Hugo se trouvait à l'entrée du pont. Les bêtes aux yeux fous se bousculaient sauvagement. La terreur les poussait en avant. Hugo chercha un abri, mais le précipice s'ouvrait de tous côtés. Les chevaux étaient déjà sur lui. Ils allaient le piétiner ou le pousser dans le vide.

Il tenta de fuir. Un coup terrible l'atteignit au milieu du dos et le souleva de terre.

8

La violence du choc projeta Hugo sur la paroi rocheuse. À moitié assommé, il ne sentit pas les chevaux l'écraser contre la montagne, il ne les vit pas se mordre entre eux et ruer. Trois d'entre eux tombèrent dans le précipice.

Après leur passage, il glissa le long de la roche, tomba à genoux et s'effondra, inconscient. Pendant ce temps, les bêtes franchissaient le col et s'éparpillaient sur le plateau.

La ruée des chevaux avait été si soudaine que les compagnons de Hugo n'avaient pas eu le temps d'intervenir. En le voyant s'écrouler, ils s'élancèrent à son secours et le transportèrent vers le campement.

Ancelin le prit dans ses bras et tenta de le ramener à la vie.

– Ouvre les yeux, parle-moi ! supplia-t-il.

– Installez-le dans l'abri, ordonna Aymond.

Onfroi et Ancelin saisirent Hugo par les jambes et

les épaules, et le portèrent dans la grotte où ils avaient passé la nuit.

La pluie tombait toujours violemment, mais l'orage s'éloignait.

Aude s'était agenouillée auprès de Hugo. Elle le soignait avec des gestes doux, aidée d'Ancelin qui lui apportait tout ce qu'elle demandait. La jeune fille appliqua un baume sur le front du blessé, écorché par la pierre, puis elle fit couler un peu de vin entre ses lèvres.

Au bout d'un moment, Hugo reprit conscience. Il sourit en apercevant le visage d'Aude penché au-dessus de lui.

— Qu'est-ce qui m'est arrivé ? demanda-t-il.

— Ne parlez pas, conseilla la jeune fille.

— Ce sont les chevaux, expliqua Aymond. Ils vous ont bousculé. L'orage les avait rendus fous. Vous avez eu de la chance : ils auraient pu vous écraser !

— De la chance, oui, répéta Aude d'une voix rêveuse.

— De la malchance, plutôt, corrigea Onfroi. Jamais les chevaux n'auraient dû se détacher.

— Ni se précipiter vers le pont, ajouta un marchand. Mes bêtes à moi ont peur du vide.

— Et plus encore de la foudre ! objecta Aymond.

— Foudre ! Folie ! Les présages étaient mauvais ! grogna le vieux croisé. Je pressentais qu'un drame allait arriver.

— Quelqu'un a dû détacher la corde et libérer les chevaux, gronda Ancelin.

— Tu es fou ! s'écria Onfroi. Pourquoi aurait-on fait une chose pareille ?
— Je voudrais bien le savoir ! grommela Ancelin en regardant le vieux croisé d'un œil soupçonneux.
Pendant ce temps, Hugo contemplait le beau visage d'Aude. La jeune fille était devenue toute pâle. Elle s'appuyait au rocher comme pour éviter de tomber.
— C'est fini, il n'y a plus de danger, murmura Hugo en se relevant.
Il se tourna vers les autres et s'écria :
— Il est temps d'aller rassembler nos chevaux si nous ne voulons pas en perdre d'autres.
Ils partirent aussitôt. La pluie avait cessé. Sur le plateau, les chevaux s'ébrouaient tranquillement, comme s'il ne s'était rien passé.
Cependant les gens de la caravane étaient troublés par cet étrange incident. Même s'ils faisaient semblant de ne plus y penser, un malaise subsistait. On le voyait à la manière dont ils se surveillaient entre eux.
Parmi les serviteurs des marchands, il y avait un grand nombre de musulmans. Ceux-ci s'étaient réunis à l'écart des autres. Ils discutaient avec fièvre. Ils disaient que Hugo avait le mauvais œil, qu'il attirait le malheur ; il fallut les menacer pour qu'ils se taisent.
Les marchands qui avaient perdu leurs chevaux furent obligés d'abandonner un chariot. Ils entassè-

rent les caisses et les ballots sur les trois véhicules les plus robustes. Ce supplément de charge ralentit encore le convoi ; certains cheminaient à pied.

À l'autre extrémité du plateau, la route descendait vers une immense plaine. La pente était raide, le sol caillouteux s'éboulait sans cesse, et les bêtes peinaient à retenir les chariots alourdis.

Comme il l'avait promis, Aymond partit en avant pour amener de nouveaux chevaux. Après son départ, la caravane mit toute une journée pour atteindre la plaine. Au-delà, c'était le désert.

Un ruisseau jaillissait, gonflé par les pluies. Les voyageurs firent provision d'eau, car il n'existait pas d'autre source avant cent kilomètres.

Ils s'enfoncèrent dans un océan de sable. La lumière blanche les aveuglait. La plaine ressemblait parfois à une gigantesque plaque de métal en fusion. Les marchands distribuèrent des morceaux de toiles que les voyageurs fixèrent à leurs casques ou à leurs chapeaux de feutre pour protéger leur nuque.

Ancelin souffrait plus que les autres. Ses cheveux roux et sa peau blanche semblaient attirer le feu du ciel. Hugo l'enveloppa dans son manteau blanc.

Mais la chaleur n'était rien par rapport à l'inquiétude de l'écuyer. Ancelin ne dormait plus. Depuis deux jours, il surveillait le vieux croisé. L'homme lui semblait faux et dangereux.

Quand les chevaux s'étaient échappés, Ancelin l'avait vu près de la corde. Il faisait de grands

gestes sous prétexte de les retenir. En réalité, c'était sûrement pour les exciter davantage.
Voulait-il précipiter les bêtes affolées sur Hugo ? Ancelin en était persuadé. La conduite du vieux croisé justifiait ses soupçons : depuis des heures, il suivait Hugo. Il chevauchait à quelques pas de lui, toujours à la même distance. Si Hugo retenait Ardent, il freinait son propre cheval. Et quand Hugo galopait pour rejoindre la tête du convoi, il galopait aussi, restant toujours près de lui.
À un moment, le croisé tira sa longue épée et la plaça en travers de sa selle. Hugo chevauchait devant lui, inconscient du danger.
Soudain, l'homme leva son épée et s'élança vers lui.

9

En voyant le croisé brandir son arme et se précipiter sur son frère, Ancelin dégaina son épée et s'élança à son tour. Mais, à sa grande surprise, le vieux soldat dépassa Hugo. Il se mit à galoper sur une dune, au sommet de laquelle se dressait un cavalier vêtu de bleu. Son sabre étincelait au soleil. Le croisé se trouvait à mi-pente lorsque le cavalier bleu poussa un long cri de guerre et se rua sur lui. D'autres cris retentirent. Des cavaliers surgissaient de tous les côtés à la fois.
– Ce sont des Berbères ! cria un marchand. Les pillards du désert !
Les Berbères chargeaient, couchés sur le cou de leurs chevaux. Ils brandissaient leurs sabres avec des hurlements sauvages. Les chevaliers et les marchands saisirent leurs armes.
Mais, au lieu de les attaquer, les pillards se dirigèrent tous vers Ancelin. Le jeune écuyer se trouva au centre d'un tourbillon de cavaliers bleus.

Voyant son ami en difficulté, Hugo lança son cheval à une vitesse foudroyante. Ardent méritait bien son nom ; il chargea avec fureur. Hugo fendit le cercle meurtrier. Son épée atteignit un Berbère au visage. L'attaque avait été si violente qu'elle dispersa les pillards et permit à Ancelin de se dégager.

Aussitôt, les cavaliers bleus se regroupèrent et chargèrent encore. Ils étaient une quinzaine. Hugo leur fit face, mais ils l'évitèrent et foncèrent à nouveau sur Ancelin. Trois d'entre eux se détachèrent du groupe pour faire obstacle aux chevaliers qui se portaient à l'aide de l'écuyer. Celui-ci parait les coups comme il pouvait. Soudain, un cheval le heurta en pleine course, et il tomba.

Hugo se jeta dans la mêlée. Les Berbères s'acharnaient à piétiner l'écuyer. Ils furent surpris par la charge du jeune chevalier. Hugo frappait sans répit. Les pillards tombaient les uns après les autres. Ardent, merveilleusement dressé au combat, obéissait à la moindre pression des genoux de son maître. Il se cabrait pour protéger Hugo, se jetait à l'assaut avec furie, bousculait les chevaux blancs des hommes du désert.

Mais les pillards étaient trop nombreux. Leur cercle se refermait sur Hugo et sur Ancelin, toujours à terre. Avec un cri de rage, Hugo se dégagea. Obligeant ses adversaires à se défendre, il les entraîna au sommet d'une dune. Grâce à cette manœuvre, Ancelin put aller se mettre à l'abri.

L'écuyer était miraculeusement indemne. Il se releva, essuya le sable qui l'aveuglait. Hugo venait de lui sauver la vie. Ancelin l'aperçut au loin, assailli de tous côtés.
« Il est perdu ! » pensa-t-il avec désespoir.
À cet instant, il vit le vieux croisé qui chargeait en faisant tournoyer sa longue épée. En plein galop, il heurta les cavaliers bleus. Sous le choc, deux d'entre eux s'effondrèrent.
– Tenez bon ! hurla-t-il à Hugo.
D'un seul coup d'épée, il trancha la tête d'un Berbère, qui alla rouler sur le sable. Après avoir repoussé ceux qui les empêchaient de secourir Hugo, les autres chevaliers se ruèrent en avant, faisant reculer les pillards.
– Attention ! cria soudain le vieux croisé.
Un cavalier bleu levait traîtreusement son sabre contre Ancelin, qui lui tournait le dos. Le croisé se précipita vers eux. Il fit un écran de son corps. Le sabre l'atteignit à la base du cou. Son corps glissa du cheval et bascula sur le sol ensanglanté. En rugissant, Hugo perça le cœur du Berbère ; mais il était trop tard.
Les pillards survivants s'enfuirent dans le désert.
Ancelin s'agenouilla auprès du croisé.
– Pourquoi les hommes bleus t'en voulaient-ils ? demanda le vieux soldat d'une voix faible.
– Je ne sais pas, répondit Ancelin. Vous m'avez sauvé la vie. Je ne l'oublierai jamais.
Il prit sa main entre les siennes.

— Les Berbères sont des seigneurs, murmura le croisé. Ils ne font jamais ça…
Sa tête s'inclina. Il était mort. Le cœur d'Ancelin se serra douloureusement. « Pauvre homme ! Il s'est sacrifié pour me sauver la vie ! songea-t-il. Et dire que je le soupçonnais de menacer Hugo ! »
Autour de lui, les chevaliers et les marchands s'étaient réunis. Ils contemplaient avec tristesse la grande silhouette étendue sur le sable.
— C'était un guerrier, dit Onfroi. Il est tombé au combat.
Les pèlerins se mirent à réciter la prière des morts. Tandis qu'ils se recueillaient, un cavalier s'approcha au galop. Les chevaliers saisirent leurs armes. Ils se rassurèrent en reconnaissant Aymond.
— Que s'est-il passé ? demanda le jeune chevalier en voyant le sol couvert de cadavres.
— Une attaque des Berbères, lui expliqua Onfroi. C'est incompréhensible : ils s'en sont pris à Ancelin. On aurait dit que le butin ne les intéressait pas.
— Ce n'est pas moi, mais Hugo qu'ils voulaient tuer, dit Ancelin d'une voix sombre.
Hugo haussa les épaules :
— Qu'est-ce que tu racontes ?
— La vérité, dit Ancelin. Je portais ton manteau, et les Berbères m'ont pris pour toi. C'est toujours le même assassin qui te poursuit. Cette fois-ci, il a lancé contre toi les pillards du désert.
— Je crois qu'il a raison, intervint un marchand.

C'est le chevalier qui était visé. Mes serviteurs ont peur. Ils disent que messire d'Aubepierre attire le malheur. Et que, si ça continue, il risque d'entraîner notre mort à nous tous.
— Superstition imbécile ! gronda Aymond.
— Je sais, je sais bien, Messire, reconnut le marchand, mais j'ai besoin de ces hommes. S'ils m'abandonnent, comment ferons-nous pour arriver à Acre, avec tout notre chargement ?
— Que veux-tu ? Parle ! ordonna Onfroi.
Le marchand se gratta la tête avec embarras :
— Que le chevalier d'Aubepierre aille de son côté, et nous du nôtre.
— Comme tu voudras ! répondit Aymond avec mépris. Nous partirons tous avec lui. Je n'ai pas trouvé de chevaux à acheter, ajouta-t-il, mais maintenant tu as ceux des Berbères.
Après avoir enseveli les morts, les voyageurs prirent la route d'Acre. Hugo et Ancelin partirent en avant. Onfroi, Aymond et Aude Ferragut les accompagnaient.
— Le ciel vous protège, dit Aude à Hugo.
— Le ciel ou l'enfer, rectifia Aymond avec un rire forcé.
— Tais-toi, Aymond ! ordonna la jeune fille d'un ton sévère.
Son frère baissa la tête.
— Pardonnez-moi, murmura-t-il d'une voix sourde.

10

Les chevaliers s'approchèrent enfin de l'immense ville d'Acre.
À plusieurs kilomètres de la cité, les caravanes étaient déjà si nombreuses sur la route qu'elles avançaient au pas. Certaines d'entre elles transportaient des épices, d'autres les soies précieuses de Samarcande, le thé de Chine, les pierres dures et le bois de santal des Indes.
– Ce sont des musulmans ! s'étonna Ancelin.
– Tous les musulmans ne sont pas nos ennemis, lui expliqua Onfroi. Et Acre n'est pas seulement la cité guerrière des croisés. C'est aussi une grande ville marchande.
– Ici, tout se vend et s'achète. Et ce qui ne s'achète pas se vole, dit Aymond avec dédain. Prends garde à ta bourse !
Ils entrèrent dans la cité par une porte monumentale. Cinquante mille habitants vivaient à l'intérieur des murailles. Il y avait des gens du monde entier : de

Palestine, de Syrie, d'Égypte, de France, d'Allemagne, d'Espagne, même de Chine et de Mongolie. La foule était si dense que les voyageurs durent descendre de cheval. Le flot humain s'écoulait vers la haute citadelle des croisés. À côté d'elle s'élevait le château des chevaliers de Saint-Jean, un ordre de moines guerriers tout-puissant.

Au pied de la forteresse s'étendait le port. Soixante navires y étaient à l'ancre. Ils étaient si serrés que leurs flancs se touchaient. Des passerelles allaient d'un pont à l'autre. Elles permettaient de transporter les marchandises. Des centaines d'hommes s'activaient, semblables à une colonie de fourmis.

Aymond indiqua à Hugo le château des Templiers, proche du port. Les Templiers étaient des moines, comme les chevaliers de Saint-Jean. Ils passaient pour des guerriers invincibles.

« C'est là que je dois me rendre pour continuer ma mission », se dit Hugo.

Il avait imaginé Acre comme un gigantesque camp militaire. Les soldats étaient, en effet, très nombreux, mais les marchands l'étaient encore davantage. La ville semblait prospère. Des seigneurs et des dames richement vêtus parcouraient les rues bordées de somptueuses maisons orientales.

– Nous logerons ici, chez ma cousine, annonça Aude en désignant un palais d'un blanc éblouissant entouré de palmiers.

– Eh bien, nous nous retrouverons dans deux jours

pour continuer le voyage vers Jérusalem, dit Hugo.
— Pourquoi ne pas venir habiter avec nous ? proposa Aymond.
Le frère et la sœur se regardèrent.
— Oui, bien sûr, insista Aude. Notre cousine sera heureuse de vous accueillir tous les trois : sa maison est immense.
Hugo, Ancelin et Onfroi examinèrent le palais avec stupéfaction.
— J'ignorais que votre famille était si riche, ne put s'empêcher de dire Onfroi.
Aude fit entendre un rire amer :
— Ma cousine est riche. Nous autres, nous sommes très pauvres. Nous avons tout perdu à la mort de nos parents. Heureusement, le comte de Tripoli s'est montré généreux envers nous.
— Allons, venez ! dit Aymond d'un ton bourru, comme si ce sujet lui était insupportable.
Ils franchirent la grille du palais et se trouvèrent dans une vaste cour plantée d'arbres et couverte de fleurs aux parfums enivrants. Au centre, l'eau d'une fontaine coulait dans une coquille de pierre bleue. Des serviteurs prirent les chevaux des voyageurs pour les conduire aux écuries.
La cousine d'Aude et d'Aymond vint à leur rencontre. C'était une grosse dame aux mains chargées de bagues. Malgré la politesse de son accueil, on sentait qu'elle traitait Aude et Aymond avec mépris, et les jeunes gens semblaient en souffrir.
— Quelle merveilleuse maison ! s'exclama Onfroi

tandis que trois servantes les conduisaient à leurs chambres.

D'immenses ouvertures voilées de soies légères donnaient sur des jardins.

– Notre maison à Constantinople était encore plus belle que celle-ci, soupira Aude.

– Tout ça est du passé ! s'emporta Aymond.

Il attira sa sœur au seuil du jardin et lui parla à voix basse. La jeune fille inclina la tête. Des larmes se mirent à couler le long de ses joues. Hugo, Ancelin et Onfroi détournèrent les yeux avec gêne.

La maîtresse des lieux, qu'on appelait « princesse », donnait une fête le soir même. Aude renonça à y assister sous prétexte qu'elle n'avait pas de robe assez belle. La princesse lui en fit apporter six. Elle exigea sa présence et celle de ses amis. Les jeunes chevaliers reçurent de longues robes de cérémonie. Mais Hugo refusa de quitter son habit de toile sur laquelle était cousue la croix rouge des combattants de Terre sainte.

Il avait promis à son parrain de rendre visite au grand maître des Templiers, Bernard de Trémelay. Les deux hommes avaient été élevés ensemble, puis ils avaient combattu dans la même armée lorsque Louis d'Aubepierre était venu en Palestine. « C'est un homme puissant, avait dit Louis. Son aide te sera très utile pour retrouver le prince Ludovic de Chartres. » Hugo ignorait s'il pourrait rencontrer le Templier, car celui-ci était perpétuellement en voyage. Mais cette visite lui procurait

un bon prétexte pour quitter la fête.
La princesse avait invité une centaine de personnes. Les seigneurs et les dames passaient sans cesse des jardins au palais, dont les salles de réception étaient dallées de marbre. Ils circulaient entre les tables incrustées d'ivoire, puisant dans des coupes pleines de fruits exotiques. Ils admiraient d'immenses gâteaux de nougatine représentant la cathédrale de Constantinople et la forteresse des Templiers.
Sur de précieux tapis de soie brodés d'or étaient installés des musiciens musulmans. Leur musique était envoûtante, comme l'odeur des roses dont les pétales recouvraient l'eau des fontaines.
Hugo et Onfroi se tenaient à l'écart de la foule, intimidés par ces fabuleuses richesses. Aude s'avança vers eux, le visage triste. Sa robe blanche soulignait sa beauté. Ses cheveux noirs étaient tressés de fils d'argent.
– Vous avez vu le collier de ma cousine? demanda-t-elle.
Hugo admira le lourd bijou entrelacé de feuilles d'or serties d'émeraudes.
– Il a appartenu à ma mère, et avant elle, longtemps avant, à la reine de Saba.
Onfroi contempla le cou grassouillet de la princesse et fit remarquer qu'on aurait pu trouver pour ce collier un plus beau support.
– Voulez-vous vous taire! gronda Aude.
Mais on devinait qu'elle était ravie de cette impertinence.

Au bout d'un moment, Hugo s'esquiva avec discrétion. Il gagna sa chambre. Ancelin dormait. Il évita de le réveiller, prit son épée et sortit.

La ville était obscure et silencieuse. Hugo descendit vers la mer. Le château des Templiers s'appuyait contre l'enceinte de la ville. Sa tour dominait le port.

Le jeune homme n'avait pas fait cent pas lorsque quatre soldats aux allures de pirates lui barrèrent la route.

— Ta bourse ! Vite ! ordonna l'un d'entre eux.

— Je veux bien, mais il faudra la mériter, répliqua Hugo en tirant son épée.

Les bandits tentèrent de l'encercler. Hugo s'adossa à un mur. Il faisait tournoyer furieusement son arme, tenant en respect les brigands, qui ne prenaient aucun risque. Ils restaient hors de portée et se contentaient de lui couper la retraite. La rue était déserte, les maisons fermées. Ils n'étaient pas pressés. Ils guettaient un faux pas de Hugo, une imprudence.

Le jeune chevalier décida d'en finir. Il feinta à droite et attaqua à gauche. Son épée traversa un corps. Il entendit un cri. Il se réjouissait de sa victoire lorsqu'un filet de pêche lancé par un de ses agresseurs s'enroula autour de ses chevilles. L'homme tira avec brutalité. Déséquilibré, Hugo tomba sur le dos.

Il se vit perdu.

11

Plus Hugo se débattait, plus le filet s'entortillait autour de lui. Il frappait comme un fou avec son épée pour empêcher les brigands d'approcher.
Soudain, deux lueurs percèrent l'obscurité.
– Qui va là ? cria une voix.
Les brigands s'enfuirent aussitôt en traînant leur compagnon blessé.
Deux hommes s'avancèrent. Ils portaient le long manteau blanc des Templiers. D'une main ils tenaient une épée, de l'autre une torche avec laquelle ils éclairèrent Hugo.
– Qui es-tu ? demanda l'un d'eux.
– Hugo d'Aubepierre.
– Tu es chevalier ?
– Un chevalier humilié de s'être laissé prendre au filet comme une vulgaire sardine, dit Hugo en essayant de se libérer.
– Où allais-tu ainsi, en pleine nuit ? Les rues sont dangereuses pour un garçon de ton âge !

— Mon âge ? grogna Hugo en se dégageant. Je suis en mission. Je dois rencontrer votre grand maître, Bernard de Trémelay.
Le Templier fronça les sourcils :
— Monseigneur de Trémelay est mort. Ne le sais-tu pas ?
— Je l'ignorais, dit Hugo. Je suis arrivé en Terre sainte il y a peu de temps. Cette nouvelle m'attriste beaucoup.
— Tu ne dois pas être triste, dit le moine d'une voix grave. Pour un Templier, il n'existe pas de plus belle destinée que de mourir au combat.
En voyant l'air abattu du jeune chevalier, il ajouta :
— Si tu veux, je peux te conduire auprès de notre nouveau grand maître, André de Montbar. Je ne sais pas s'il voudra te recevoir. S'il t'accorde une entrevue, tu n'auras pas fait ce voyage pour rien.
Le château des Templiers était une véritable citadelle dans la ville. Sa façade s'ornait d'une croix dorée. Malgré l'heure tardive, une intense activité régnait à l'intérieur de ses murs. Dans la cour, un groupe de cavaliers en armes se disposaient à partir.
À la surprise de Hugo, le grand maître accepta de le rencontrer le soir même. André de Montbar était un homme âgé. Il avait le crâne rasé et une barbe grise. Il était grand, comme la plupart des Templiers.
— J'ai connu jadis Louis d'Aubepierre, mais il n'avait pas de parent, dit-il d'une voix sévère.

— Louis d'Aubepierre est mon parrain et mon père adoptif, précisa Hugo. Il m'a chargé de remettre quelque chose à Monseigneur de Trémelay.
— De quoi s'agit-il ? demanda le grand maître.
Hugo hésita : c'était à Bernard de Trémelay qu'il devait parler. Mais celui-ci était mort, et son successeur lui inspirait confiance. De plus, s'il voulait poursuivre sa mission, il n'avait plus d'autre ressource que de s'adresser à lui.
Il tira donc un morceau d'étoffe caché sur sa poitrine, qui ne l'avait pas quitté depuis son départ d'Auvergne, même pendant le naufrage. L'étoffe était couleur sable et argent, ornée d'une croix vermeille. Les teintes avaient pâli, mais on devinait encore qu'il s'agissait de la partie centrale d'un drapeau. « Ce sera ton laissez-passer », lui avait assuré Louis d'Aubepierre.
Le grand maître s'empara de l'étoffe. Ses puissantes mains se mirent à trembler.
— La bannière du Temple ! s'exclama-t-il.
— Celle de la deuxième croisade, confirma Hugo, ou ce qu'il en reste. Mon parrain m'a raconté que six chevaliers étaient morts pour la sauver.
— Louis d'Aubepierre, le Prince du désert, était le septième, murmura le grand maître. C'est un trophée glorieux. Il lui appartient.
Hugo sourit :
— Il pense que le Temple est plus digne que lui de le conserver.
Le visage du grand maître se radoucit.

— Et toi, que fais-tu ici ? demanda-t-il. Tu es bien jeune !

— J'ai seize ans, reconnut Hugo, mais j'ai combattu bien des fois, en Auvergne, en Normandie, en Espagne. Et je suis chargé d'une importante mission : retrouver la trace de Ludovic de Chartres.

— Le prince ? Mais il a disparu il y a plus de cinq ans ! Croyant qu'il était prisonnier des musulmans, nous avons réuni une rançon. Mais ses ravisseurs ne se sont jamais manifestés.

— Le roi de France pense que le prince est mort assassiné, dit Hugo. Il veut retrouver ses meurtriers, quels qu'ils soient.

— C'est une grave accusation, dit le grand maître. Si elle était fondée, je le saurais. Le prince était notre allié. Je t'aiderai, mais je ne te promets rien : c'était il y a si longtemps ! Pourquoi le roi de France s'en inquiète-t-il aujourd'hui ?

— Je l'ignore, Monseigneur, dit Hugo. Je ne fais qu'exécuter les ordres.

Le grand maître se leva pour signifier que l'entrevue était terminée.

— Où comptes-tu aller ? demanda-t-il.

— À Jérusalem, dit Hugo, puisque c'est là qu'on a vu le prince de Chartres pour la dernière fois.

— Écoute, dit le Templier, je pars demain pour Jérusalem. Pourquoi ne ferais-tu pas la route en notre compagnie ?

— Avec joie, Monseigneur, répondit Hugo.

— Où loges-tu ?

Hugo lui dit qu'il résidait avec ses compagnons chez la princesse.
— J'enverrai mes hommes te chercher à l'aube, promit le moine.
Sur son ordre, deux sergents du Temple en robe brune escortèrent Hugo jusqu'au palais de la princesse, puis ils s'en retournèrent.
La grille n'était pas fermée. Le palais semblait abandonné. « Tout le monde dort. La fête est donc finie ? C'est étrange », se dit Hugo.
Il traversa les jardins dans l'obscurité. Sa chambre se trouvait à l'autre bout du palais. Il ouvrit une porte, longea en silence un couloir faiblement éclairé.
Au moment où il entrait dans la pièce où il devait dormir, il entendit des bruits confus. Des hommes armés surgirent d'une chambre voisine. Ils l'entourèrent et lui lièrent les mains derrière le dos. Stupéfait, ébloui par le feu des torches, Hugo ne songea même pas à résister.
— Que se passe-t-il ? demanda-t-il.
— Ah! Voici notre voleur! Je vous avais bien dit qu'il reviendrait! triompha la princesse.
Hugo contempla la chambre avec étonnement. Ses bagages étaient éparpillés sur le sol. Ancelin gisait dans un coin, ligoté et bâillonné.
— Vous êtes devenus fous! s'écria-t-il.
— C'est cela que tu es venu chercher, n'est-ce pas ? dit la princesse avec une voix mauvaise.
Elle agita sous le nez de Hugo le magnifique collier de la reine de Saba.

À côté d'elle, Aude, Aymond, Onfroi et quelques seigneurs plus âgés dévisageaient Hugo avec des expressions diverses.

— Expliquez-moi ce qui se passe ! cria Hugo avec rage.

— Ne fais pas l'innocent ! glapit la princesse. Mon collier a été volé. On l'a retrouvé caché dans tes affaires. C'est à toi de m'expliquer pourquoi.

— Je n'étais pas au palais, protesta Hugo. Je me trouvais chez le grand maître…

— Le grand maître des voleurs ! rugit la princesse.

— Monseigneur de Montbar, grand maître des Templiers, s'indigna Hugo. Vous pouvez l'interroger. C'est une machination ! Je suis chevalier, je porte la croix. Je ne suis pas un voleur !

Il se débattit avec fureur, mais ses mains étaient attachées, et les hommes qui le maintenaient étaient de véritables brutes. Il reçut un coup de poing sur la nuque, un autre dans l'estomac.

— Je sais très bien qui tu es, dit la princesse. Aubepierre n'est pas ton vrai nom. Tu es le fils de Bernard de Marcantour, un seigneur brigand. Tu ne vaux pas mieux que lui.

Sur le coup, Hugo cessa de se débattre. Il sentait peser sur lui le regard d'Aude. Il crut y voir du mépris. Ce sentiment lui fut insupportable.

— Je ne suis pas un voleur ! répéta-t-il.

— Moi, je te crois, dit Onfroi.

— Tu es le seul. Qu'est-ce qui prouve que tu n'es pas son complice, comme son écuyer ? fit la princesse.

Elle sourit avec cruauté.
C'était une femme impitoyable. La colère l'enlaidissait. Sa figure était rouge et enflée. Ses mains de rapace se crispaient sur son collier.
— S'il y a une race que je déteste, c'est celle des voleurs, siffla-t-elle. Mes serviteurs le savent.
— Je ne suis pas votre serviteur ! se révolta Hugo.
— Sais-tu le châtiment que les musulmans infligent aux voleurs ? demanda la princesse avec une douceur dangereuse.
Comme Hugo détournait la tête avec dédain, elle lança :
— On leur tranche la main droite !

12

Les hommes de la princesse saisirent Hugo pour exécuter son ordre.
– Vous êtes folle ! s'écria Aude.
– Tu oublies à qui tu parles ! s'indigna la princesse.
– Vous n'avez pas le droit de faire ça ! s'insurgea Onfroi.
– J'ai tous les droits, répliqua la princesse. Vous êtes ici en territoire byzantin. J'applique ma loi.
– Loi ou pas loi, je ne laisserai pas commettre cette lâcheté ! prévint Onfroi.
La princesse s'étrangla de fureur :
– Un mot de plus, un seul, et tu subiras le même sort !
– Moi, vous ne me faites pas peur ! s'écria Aude. J'irai à Constantinople. S'il le faut, j'en appellerai à l'empereur.
La princesse éclata d'un rire méprisant :
– L'empereur se soucie bien de toi ! La fille d'un traître !

Aude pâlit et tira un petit poignard de sa ceinture. Elle se serait précipitée sur sa cousine pour la frapper si les serviteurs de la princesse ne s'étaient pas jetés sur elle pour la désarmer.
— Petite vipère ! gronda la princesse. Je devrais te fouetter jusqu'au sang. Va-t'en ! Ne reparais jamais devant moi ! Et toi non plus, ajouta-t-elle à l'intention d'Aymond.
Malgré leur résistance désespérée, Aude, Aymond et Onfroi furent expulsés du palais en pleine nuit.
— Nous attendrons le jour, ordonna la princesse. Je veux que tout le monde puisse assister au châtiment de ces deux misérables.
Les gardes jetèrent Hugo et Ancelin dans deux caves séparées et les enchaînèrent à des anneaux fixés au mur.
Hugo se mit à réfléchir. On avait livré son véritable nom à la princesse. Quelqu'un l'avait trahi. Mais qui ? Soupçonner ses compagnons était stupide. Ils avaient tous tenté de se battre pour lui.
« Qui me hait assez pour avoir volé et caché ce collier dans mes affaires afin de me faire accuser ? » se demandait-il.
Plus il réfléchissait, plus il était persuadé qu'on tentait de l'éliminer par tous les moyens pour l'empêcher d'accomplir sa mission. « C'est une mission dangereuse », l'avait prévenu Louis d'Aubepierre. Hugo en avait maintenant la certitude. Depuis son arrivée à Tripoli, le destin s'acharnait sur lui. Il y avait d'abord eu le mystérieux assassin qui avait

tenté de le poignarder à deux reprises ; puis les chevaux détachés, les hommes bleus, les quatre brigands, et, pour finir, cette princesse terrible.
À la pensée du supplice qui l'attendait, l'horreur envahit Hugo. Il s'imagina privé de sa main droite, incapable de tenir une épée, devenu objet de pitié. Il avait peur, mais il ne le montrerait pas : la princesse serait trop heureuse de le voir trembler.
Quand on vint le chercher au petit jour, il maintint la tête haute et regarda les autres avec mépris. La princesse avait réuni ses valets, ses gardes aux allures de bandits, ses parents et ses amis.
Certains venaient d'ailleurs. C'étaient les grands seigneurs et les nobles dames que Hugo avait vus au cours de la soirée. On les avait invités à nouveau, cette fois pour qu'ils assistent au supplice. Cette fête avait l'air plus excitante pour eux que celle de la veille.
Non loin de Hugo, les gardes poussaient devant eux Ancelin. Dans la cour, on avait dressé une estrade. Il y avait une potence, un bloc de bois, une hache et un fourneau. Les spectateurs étaient assemblés autour de ce décor imposant.
Dans le fourneau, trois fers rougissaient au contact des charbons ardents. Hugo regardait ces fers avec fascination. Il savait à quoi ils allaient servir : après lui avoir tranché la main, le bourreau appliquerait un fer rouge sur la plaie pour arrêter l'écoulement du sang. Ainsi, il survivrait.
« Si au moins je pouvais mourir ! » pensa-t-il.

Il se ressaisit en voyant la princesse. Elle s'était déguisée en prêtresse païenne. Son gros corps moulé dans une robe couleur de sang, elle se dressait, effrayante, sur l'estrade. On aurait dit qu'elle se préparait à un sacrifice humain.

— Celui-ci sera pendu, décréta-t-elle en montrant Ancelin. Mais il assistera d'abord à la punition de son maître.

Un homme en cagoule saisit Ancelin et l'entraîna sur l'estrade. C'était le bourreau.

— Laissez-le ! protesta Hugo avec véhémence. Il n'a rien fait !

— Toi, à genoux ! ordonna la princesse.

— Ça, jamais ! Misérable ! cria Hugo en se débattant. Vous ignorez qui je suis ! Je suis l'envoyé du roi de France. Touchez à un cheveu de ma tête, et vous le paierez de votre vie !

— Et moi, je suis la reine de Saba ! dit la princesse.

L'assemblée se mit à rire. Le bourreau empoigna Hugo et, avec l'aide des gardes, il l'agenouilla à côté du bloc de bois. Les mains du prisonnier furent détachées, et son bras droit fut lié au bloc, malgré la résistance désespérée du jeune homme.

Le bourreau déposa la lame de sa grande épée sur les charbons ardents.

La princesse s'approcha de Hugo.

— Implore mon pardon, siffla-t-elle.

— Jamais ! rugit Hugo.

— Tu seras donc puni comme tu le mérites. Tu t'es introduit dans ma maison sous un faux nom. Tu

m'as trompée. Tu m'as volée, avec la complicité de ton écuyer. Ton châtiment servira de leçon à tous les brigands de ton espèce.
Elle donna le signal de l'exécution.
Le bourreau saisit son épée à deux mains. Au contact de la chaleur, la lame était devenue rouge. Il la dressa au-dessus de sa tête.
Hugo ferma les yeux et serra les dents pour ne pas hurler.

13

À l'instant où l'épée brûlante allait s'abattre sur le poignet de Hugo, une voix s'éleva :
– Arrêtez !
– Qui ose troubler ma justice ? s'indigna la princesse.
D'un geste, elle fit signe de continuer.
Le bourreau obéit. Il abattit son arme, mais, avant que sa lame atteigne le condamné, une autre épée détourna le coup.
La cour était envahie d'hommes en blanc. « Les Templiers ! » s'écria intérieurement Hugo.
– De quel droit ? fulmina la princesse.
– Libérez ces hommes ! Ils sont sous ma protection, ordonna la voix.
– Ce sont des voleurs. Ils seront châtiés !
Le grand maître en personne s'avança. Les spectateurs reculèrent avec crainte. Ils connaissaient la toute-puissance des Templiers.
– Ses amis m'ont tout expliqué, dit le grand

maître. Au moment du vol, ce chevalier était en ma compagnie.

— Mais, Monseigneur…, protesta la princesse.

— Douteriez-vous de ma parole ? lança André de Montbar d'une voix hautaine.

La princesse baissa la tête, vaincue. On ne s'opposait pas à la volonté des Templiers.

Un chevalier bondit sur l'estrade et délivra Hugo. Celui-ci reconnut Onfroi.

— Dieu merci, j'arrive à temps, dit Onfroi.

— Encore quelques secondes, et cette main n'aurait pas pu serrer la vôtre, répondit Hugo avec un rire de soulagement.

Pendant ce temps, deux sergents du Temple avaient libéré Ancelin. Furieux d'avoir dû garder le silence depuis la veille, bâillonné, l'écuyer se tourna vers la princesse.

— Espèce de vieille truie ! cria-t-il. Si je m'écoutais, j'assiérais ton derrière sur ces charbons ardents. Et je te ferais aussi rôtir la cervelle !

— Allez-vous laisser ce valet insulter une princesse ? s'indigna la maîtresse des lieux.

— Ce garçon a eu tort, reconnut le Templier. En tout cas pour la cervelle, princesse, car vous n'en avez jamais eu !

Il entraîna Hugo et Ancelin hors du palais.

— Nos chevaux ! s'écria Ancelin en courant aux écuries.

— Fais vite ! commanda le grand maître. Nous partons pour Jérusalem.

— Tout de suite ? dit Onfroi. Puis-je vous accompagner ?
— Si tu veux, répondit le grand maître.
— Voilà deux orphelins qui voudraient bien, eux aussi, voyager en notre compagnie, ajouta Onfroi en désignant Aude et Aymond au milieu de la foule.
Hugo se précipita vers eux.
— Mes amis, pardonnez-moi, dit-il. Par ma faute, vous avez été chassés de cette maison, vous êtes fâchés avec votre cousine…
— Bon débarras ! soupira Aude. C'est une femme orgueilleuse et méchante. Je ne veux plus jamais la revoir !
— C'est à nous de nous excuser, dit Aymond. Nous vous avons attirés dans un piège. Je ne sais pas très bien ce qui s'est passé…
— Moi non plus, avoua Hugo.
Il essaya de poursuivre cette conversation, mais Aymond cessa de répondre à ses questions.
Il resta silencieux durant tout le voyage de Jérusalem. Autour d'eux, la chaleur transformait les dunes fumantes en coulée de lave. Aymond chevauchait derrière les autres. Il regardait le désert sans le voir. On aurait dit qu'il ne sentait pas la terrible brûlure s'abattant du ciel.
Les Templiers avançaient, eux aussi, sans se soucier du soleil. C'étaient des hommes solides, insensibles à la soif et à la souffrance.
En fin de journée, leur troupe s'arrêta dans une oasis. Hugo, Onfroi et Ancelin se ruèrent dans

l'eau d'un ruisseau. Ils firent boire leurs chevaux, se baignèrent, s'arrosèrent et jouèrent longtemps dans la fraîcheur bienfaisante de l'eau. Aude les rejoignit, mais Aymond resta à l'écart, en plein soleil.
Hugo s'approcha de lui :
– Venez ! La chaleur du désert donne la fièvre. Cette eau est un délice.
Aymond leva sur lui un regard hébété. Il tenait un petit poignard au manche d'or incrusté de rubis.
– Quelle arme magnifique ! s'exclama Hugo.
Il tendit la main vers le poignard.
– N'y touchez pas ! gronda Aymond en le repoussant brutalement.
Hugo regarda avec surprise son visage déformé par la colère. Il allait lui demander les raisons de cette violence soudaine lorsque la main d'Aude se posa avec douceur sur son épaule.
– C'est avec ce poignard que notre mère s'est donné la mort, expliqua-t-elle.
– Pardonnez-moi, murmura Hugo.
– Prenez-le ! dit soudain Aymond en lui mettant l'arme entre les mains. Prenez ! Mais faites bien attention : on dit que les lames qui ont goûté au sang d'un innocent réclament d'autres victimes.
Il se mit à rire comme un fou.
Hugo examina le poignard de plus près. Ses rubis scintillaient au soleil, projetant des reflets sanglants sur la lame. Il éprouva un malaise et se dépêcha de rendre l'arme à Aymond.

Aude s'était mise à pleurer. Hugo aurait aimé pouvoir la consoler, mais il préféra s'éloigner, par respect pour son chagrin.

Deux jours plus tard, ils atteignirent une hauteur dominant Jérusalem.
— Magnifique ! s'écria Onfroi.
— Jérusalem est la plus belle ville du monde, confirma le grand maître.
L'or des coupoles et la blancheur des églises resplendissaient derrière ses hautes murailles.
— C'est un tombeau, dit Aymond d'une voix amère.
— Que veux-tu dire ? demanda le grand maître avec sévérité.
— Il parle du Saint-Sépulcre de Jérusalem, le tombeau de Jésus Christ, intervint Aude.
— Pas du tout ! s'emporta Aymond. Je veux parler des milliers de gens qui sont morts pour conquérir cette ville.
— C'est une mort glorieuse que de donner sa vie pour la Ville sainte, dit le grand maître.
— La mort n'est jamais glorieuse ! s'écria Aymond. Elle est laide et toujours cruelle.
— Tu parles comme un païen ! constata le Templier. Je me demande ce que tu es venu faire en Palestine !
— Tais-toi, Aymond ! supplia Aude.
Son frère lui lança un regard de colère. Puis il cravacha son cheval et dévala au galop la route poussiéreuse qui menait à la cité.
— Pardonnez-lui, Monseigneur, supplia Aude.

Depuis la mort de nos parents, il est malheureux. Il ne sait plus ce qu'il dit.

André de Montbar fit un geste d'apaisement, comme pour effacer les paroles qui venaient d'être prononcées.

Sa petite armée descendit majestueusement vers la porte de David et le manoir du roi. Sur son passage, les gens s'arrêtaient pour admirer les cavaliers. Le vent soulevait leurs manteaux blancs. Hugo était fier de chevaucher aux côtés du grand maître.

Pour pénétrer dans la ville, les Templiers se rangèrent en colonne. Le grand maître venait en tête. Hugo le suivait. Au moment où il franchissait la porte de la ville, une vieille femme en robe de deuil et au front couronné de médailles se dressa devant lui. Ardent fit un écart. Hugo le maîtrisa. Mais l'étrange créature aux allures de sorcière lui barra le passage. Elle pointa sur lui son doigt décharné.

— Va-t'en ! dit-elle. Car, si tu franchis ces murailles, tu mourras.

14

En entendant les menaces de la sorcière, le grand maître se retourna.
– C'est une pauvre femme, dit-il à Hugo. Je la connais. Elle croit être habitée par le diable, mais, au fond, elle n'est pas mauvaise. Elle a l'esprit dérangé.
Il poussa son cheval vers la femme.
– Écarte-toi ! ordonna-t-il. Tu gênes mes cavaliers.
Elle obéit craintivement au Templier. Hugo entra dans la ville.
Il fut ébloui. À Jérusalem, l'or et l'argent étaient partout. Il y avait autant de marchands que de pèlerins. D'immenses églises et de somptueux palais s'élevaient tout autour. Des quartiers entiers surgissaient du sol comme par enchantement.
Hugo et Ancelin étaient fascinés par le spectacle de la rue. Les chevaux, les charrettes, les colporteurs étaient si nombreux qu'ils avaient du mal à s'écouler le long des deux grandes voies qui traversaient la ville et se coupaient en croix.

Dans les quatre parties délimitées par ces avenues, les ruelles, les impasses et les escaliers étaient envahis par une foule grouillante. On parlait ici toutes les langues du monde, et les marchands paraissaient les comprendre toutes.

Avant de se séparer des jeunes gens, le grand maître indiqua à Hugo une auberge à proximité du château des Templiers. Il promit de l'avertir dès qu'il aurait obtenu de nouveaux renseignements au sujet de la disparition du prince de Chartres.

L'auberge s'appelait la Couronne dorée. C'était une maison surpeuplée et malodorante. Elle était située à l'entrée de la rue Malcuisinat, la rue des bouchers. Des nuages de mouches et une écœurante odeur de sang chaud s'élevaient des tables de pierre brunie où l'on tuait les bêtes.

Hugo fut surpris d'apprendre qu'Aude, Aymond et Onfroi allaient habiter avec eux. La décision d'Onfroi s'expliquait aisément : le jeune chevalier était seul ; il ne connaissait personne à l'intérieur de la Ville sainte. Mais Aymond était le messager du comte de Tripoli. Il pouvait loger au manoir du roi de Jérusalem.

Les chambres de l'auberge étaient sombres et étroites. On y dormait à cinq, parfois à huit, sur des lits pleins de vermine. La chaleur était suffocante.

Hugo s'inquiétait pour Aude.

— Cet endroit sordide n'est pas pour vous, dit-il.

— Il y a bien longtemps que j'ai perdu l'habitude

de vivre comme une reine, répondit la jeune fille.
— Rien ne remplace l'amitié, ajouta Aymond. Je préfère votre compagnie à celle des seigneurs de Jérusalem.
En disant cela, il souriait. Il semblait avoir oublié les souvenirs qui l'avaient tourmenté tout au long du voyage.
Les cinq amis s'installèrent donc à l'auberge. Comme la chaleur et les insectes les empêchaient de dormir, ils sortaient et parcouraient les rues jusqu'à l'aube. Ils regagnaient le gîte avec la fraîcheur du matin.
Quelquefois, Aude et Aymond disparaissaient des nuits entières. Ils rencontraient de mystérieux personnages. Onfroi, lui, ne quittait pas Hugo et Ancelin d'une semelle.
Jérusalem était une ville inépuisable. Les jeunes gens ne se lassaient pas de découvrir ses merveilles. La foule était aussi dense la nuit que le jour. La ville ne dormait jamais. Pourtant, même entouré de ses amis, Hugo n'était pas tranquille. Il se sentait sans cesse suivi et espionné : dans les rues les plus animées, et même à l'intérieur de l'auberge.
Il se disait que l'assassin rôdait toujours autour de lui. Il ne le voyait pas, mais il devinait sa présence. « Quelqu'un veut m'empêcher de découvrir la vérité, songeait-il. Et cette vérité doit être bien terrible pour qu'on me poursuive ainsi. »

À force de voir Hugo regarder en arrière, scruter les porches obscurs et porter la main à son épée à la moindre alerte, Onfroi finit par s'étonner :
— Que se passe-t-il ?
— Je sens une menace, avoua Hugo.
Onfroi le dévisagea avec surprise :
— Une menace ?
— Je sais, c'est ridicule, dit Hugo.
— Depuis notre arrivée en Orient, le sort nous poursuit, expliqua Ancelin. Poignard, chevaux furieux, pillards, supplice... C'est Hugo qui est visé. Quelqu'un lui veut du mal.
— Vraiment ? Alors, la fausse accusation, chez la princesse, c'était ça ? s'exclama Onfroi.
— Oui, dit Hugo. Quelqu'un cherche à se débarrasser de moi par tous les moyens.
— Mais qui ? Pourquoi ? s'écria Onfroi.
Hugo haussa les épaules :
— Qui, je l'ignore. Mais pourquoi, je commence à le deviner. Je suis chargé d'une mission que je dois tenir secrète. Tout ce que je peux dire, c'est qu'il s'agit d'une mission dangereuse.
— Tout cela, c'est peut-être un concours de circonstances, fit remarquer Onfroi. Parfois, le destin semble s'acharner sur nous. Et puis, si on veut vraiment supprimer quelqu'un, on ne s'y reprend pas à six fois.
— Sauf si on est très maladroit, dit Hugo en riant.
Ils gagnèrent la Couronne dorée. Aude les attendait. Un peu plus tard, Aymond les rejoignit.

— Si nous sortions de la ville ? proposa Onfroi.
— Bonne idée, approuva Hugo. On étouffe ici. Profitons du jour !
Cette ville ardente et désordonnée lui donnait la fièvre.
— J'ai faim, moi ! protesta Ancelin.
— Il n'est que dix heures du matin ! fit remarquer Hugo. On voit que le danger ne te coupe pas l'appétit !
— Et il sera quelle heure quand nous reviendrons ? répliqua Ancelin.
Il en avait assez, de cette ville et de ce pays où la mort les guettait à chaque pas.
— J'ai une idée ! s'écria Aude avec un enthousiasme forcé. Si nous emportions un repas ? Nous mangerions tous ensemble sous les arbres.
— Un repas et du vin, précisa Ancelin.
— Je m'occupe de tout, annonça Onfroi.
Il disparut dans l'auberge et revint un moment plus tard, chargé d'un grand panier. Sous un carré de toile, destiné à protéger les victuailles des mouches, s'entassaient deux poulets rôtis, un gros pain rond, un flacon de vin et quelques grappes de raisin noir.
Ils confièrent le panier à la garde d'un jeune valet et allèrent chercher leurs armes. Car, malgré la surveillance des gardes royaux et des Templiers, les environs de Jérusalem n'étaient pas toujours bien fréquentés. Hugo et Ancelin avaient une autre raison de prendre des précautions : ils pensaient au

meurtrier. Ils se demandaient ce qu'il allait encore inventer pour parvenir à ses fins.

Ils sortirent de la ville par la porte de Sion. Un chemin pittoresque escaladait une colline qui dominait la cité. Comme le jour de leur arrivée, ils admirèrent les tours, les coupoles des mosquées, les façades blanches des églises et la voûte monumentale du Saint-Sépulcre. Elles émergeaient de l'océan des tuiles brunes comme de grands vaisseaux.

— Regardez l'enceinte, s'écria Aymond. Ses murs sont bruns, sauf au sud. Au sud, la couleur est différente : le vent de sable donne aux pierres une teinte dorée.

Sa voix était passionnée, ses joues avaient perdu leur pâleur. Il paraissait libéré de ses sombres pensées. Hugo faillit s'en réjouir à haute voix, mais il y renonça, car Aude regardait d'un air inquiet les signes d'excitation de son frère.

Un vent léger s'était levé. Sous les arbres, il faisait frais. Ils s'étendirent sur le sol et fermèrent les yeux en soupirant d'aise.

Cinq minutes plus tard, un énorme chien noir s'approcha d'eux. Il flaira à tour de rôle le visage des cinq adolescents et finit par décider qu'il jouerait avec Hugo.

— Va-t'en ! Laisse-moi, je suis fatigué, dit Hugo en le repoussant.

Mais il ne réussit pas à décourager l'animal. Celui-ci saisit avec ses dents le ceinturon de Hugo

et le secoua avec une force surprenante pour l'obliger à se lever.
— Tu vas me lâcher ! s'écria Hugo, fâché et amusé à la fois.
Le spectacle était si comique que ses compagnons se mirent à rire.
— Samson ! Samson ! cria une voix.
— Tu vois, on t'appelle, dit Hugo au chien.
L'animal dressa les oreilles, mais, au lieu d'obéir, il s'en prit cette fois aux bottes de Hugo.
— Samson !
Un coup de fouet claqua. Le chien lâcha Hugo et s'avança en rampant vers un vieil homme au regard sévère. Le nouveau venu avait l'allure d'un sergent à la retraite. Ses cheveux gris étaient coupés ras. Il boitait. Un autre chien l'accompagnait, semblable à Samson, mais plus calme et discipliné.
— Pardonnez-moi, Messires, s'excusa l'homme. Je suis le gardien du tombeau de la Vierge Marie. Ces deux chiens doivent m'aider à protéger le sanctuaire. Mais celui-là est impossible. Je vais t'apprendre à obéir ! cria-t-il.
Il leva son fouet et se mit à corriger l'animal avec brutalité. Samson s'était aplati sur le sol. À chaque coup il hurlait de douleur.
Révolté par tant de cruauté, Hugo se précipita sur le gardien et lui bloqua le bras.
— Arrête ! dit-il. Cette bête n'est pas méchante. Tout ce qu'elle veut, c'est jouer.

— Il faut lui enseigner l'obéissance ! grommela l'homme.
Hugo tira une pièce de sa bourse et la lança au gardien.
— Laisse-le-moi un peu, dit-il. Il sera sage. Il le promet. Tu le promets, n'est-ce pas ? s'adressa-t-il au chien.
Samson s'était redressé. Il pencha la tête comme s'il avait compris les paroles de Hugo et vint se frotter à ses jambes.
— Comme vous voudrez, dit le gardien avec un sourire hypocrite. Mais, s'il vous ennuie, ramenez-le.
Hugo ramassa une grosse pomme de pin et la lança de toutes ses forces. Samson partit comme une flèche. Quelques instants plus tard, il vint déposer la pomme de pin sur le pied de Hugo.
— Tu vois, quand tu veux…, dit Hugo.
Il jeta de nouveau la pomme de pin. Samson s'élança. Au loin, Ancelin et Aude se promenaient en bavardant. Aymond et Onfroi, perchés sur un rocher, admiraient les remparts de la cité.
Samson ramena son jouet. Hugo l'envoya au milieu des buissons. L'animal fonça et disparut. Hugo l'entendit se débattre, grogner, gratter le sol. Puis il resta silencieux.
— Samson !
Le chien ne répondit pas.
— Où es-tu ? cria Hugo. Samson !
Le chien resta muet.

– Maudit animal, gronda Hugo. C'est vrai qu'il n'en fait qu'à sa tête !
Il pensa que la bête avait rejoint son maître, et il se dirigea vers l'endroit choisi pour leur déjeuner. En y arrivant, il vit Samson. Le chien était couché devant le panier renversé. Les provisions s'étalaient sur le sol. L'animal avait volé un poulet et il achevait tranquillement son festin.
– Misérable voleur ! cria Hugo. Cette fois-ci, tu mériterais bien d'être fouetté.
Le chien lui jeta un coup d'œil curieux et se remit à manger.
Les compagnons de Hugo revinrent pour contempler le désastre.
– Toi, au moins, tu sais dresser les chiens ! se moqua Ancelin.
Aude et Onfroi ramassèrent en riant les restes du déjeuner. Aymond, lui, entra dans une violente colère. Il chassa le chien à coups de pied. Samson s'éloigna. Il se coucha à distance et observa les adolescents d'un air vexé.
– On dirait qu'il nous en veut. Ce chien a tous les culots ! fit remarquer Onfroi.
– Il en reste assez pour cinq, si messire Ancelin consent à modérer son appétit, dit Aude en riant.
– Si j'ai encore faim, j'irai dévorer ta pâtée, ronchonna Ancelin en menaçant le chien du doigt.
Même Aymond finit par rire de la situation.
Ils s'assirent et partagèrent leur repas. À quelques pas de là, Samson se roulait en grognant sur le sol.

— Arrête ta comédie, tu n'auras rien ! cria Ancelin.
Samson se mit à gémir. Il grattait furieusement la terre. Puis il s'arrêta en haletant. Hugo s'approcha de lui.
— Qu'est-ce qu'il t'arrive ?
L'animal se mit à vomir. Dans les restes du poulet, il y avait du sang.
« Il a dû avaler un os », pensa Hugo. Au moment où il approchait sa main de la gueule de Samson, l'animal frémit, puis il retomba sur le sol. Il ne bougeait plus.
— Eh bien, mon chien ! murmura Hugo.
Une mousse bleuâtre teintée de sang apparut sur la truffe et les babines de l'animal.
Samson était mort.
Onfroi rejoignit Hugo, intrigué par le comportement de la bête.
— Ne le touchez pas ! s'écria-t-il. Il a été empoisonné !

15

En entendant le cri d'Onfroi, Ancelin, Aude et Aymond jetèrent précipitamment la nourriture qu'ils allaient porter à leur bouche.
– Empoisonné ! répéta Hugo d'une voix enrouée.
Il se leva brusquement :
– Vous n'avez rien mangé, au moins ?
Ses compagnons le regardaient, figés de stupeur ou de frayeur. Aude était devenue toute pâle. Elle porta la main à son ventre et s'affaissa.
– Oh non ! Pas vous ! supplia Hugo en se précipitant vers elle.
Aymond soutenait la tête de sa sœur. L'angoisse se lisait sur son visage. Hugo saisit les mains de la jeune fille, mais elle le repoussa avec impatience.
– Ce n'est rien, dit-elle, juste l'émotion.
– Tout ça, c'est ma faute, déclara Hugo avec désespoir. C'est moi qu'on a cherché à empoisonner ! Vous avez tous failli mourir à cause de moi. Il faut nous séparer.

— Qu'est-ce que vous racontez ? fit Aymond.
— Notre ami est en danger, expliqua Onfroi. À plusieurs reprises on a tenté de le supprimer : à Tripoli, dans le désert, à Acre.
— Qui peut vouloir votre mort ? demanda Aymond en mettant la main à son poignard.
— Je ne sais pas, avoua Hugo. Le coupable reste toujours dans l'ombre. Il a une intelligence diabolique…
— Avez-vous commis un crime ? Une mauvaise action ? demanda Aymond d'un ton sévère.
— Vous me soupçonnez ? s'irrita Hugo.
— J'essaie de comprendre. Fouillez dans votre mémoire : vous ou quelqu'un de votre famille ? insista Aymond.
— Séparons-nous ! décréta Hugo d'un ton furieux. Il se leva. Aude le retint.
— Excusez mon frère, dit-elle. Il cherche seulement à vous aider.
— Restez avec nous, pria Onfroi. Nous veillerons sur vous.
— Vous avez raison, reconnut Hugo. Mais c'est dangereux, et je n'ai pas le droit…
— Je ne crains pas la mort, coupa Aymond d'un ton dédaigneux.
— Moi non plus, assura Onfroi.
— Tout de même, cette histoire est bien étrange, murmura Ancelin. Comment le tueur a-t-il trouvé l'occasion de verser le poison dans notre repas ?
— C'est la question que je me pose, dit Onfroi. J'ai

choisi les poulets, le pain et les fruits dans la cuisine de l'auberge. Je les ai rangés moi-même dans le panier.
— Oui, mais nous avons abandonné le panier, rappelez-vous, objecta Ancelin.
— Je l'ai confié à la garde d'un valet, précisa Onfroi. Serait-ce lui ? Il n'a pourtant pas une tête d'assassin !
— Il faudra l'interroger, dit Hugo. Mais je ne le crois pas coupable : le poison était foudroyant. C'est un produit rare. Un simple valet ignore ces choses-là.
— Et s'il était complice ? suggéra Ancelin.
— Attendez ! dit Aymond. L'assassin aurait très bien pu verser le poison à un autre moment. Souvenez-vous : Hugo jouait avec le chien, Aude et Ancelin se promenaient. Moi, j'étais avec Onfroi. Je lui montrais la cité. Pendant tout ce temps, le panier est resté sans surveillance. La preuve, c'est que Samson a eu le temps de se servir...
— Le gardien ! s'exclama Onfroi.
Ils se mirent aussitôt à la recherche de l'homme ; mais il avait disparu. Le sanctuaire de la Vierge était fermé, la colline déserte.
— C'est lui, c'est sûrement lui, affirma Ancelin. Je l'ai lu dans ses yeux : il avait l'air sournois.
— Prévenons la garde, décida Aymond.
— Non, pas la garde, dit Hugo.
— Hugo a une mission à remplir, et elle doit rester secrète, expliqua Onfroi.
Aymond fronça les sourcils :
— Une mission ?

— Je vais chez le grand maître des Templiers, coupa Hugo. Pas un mot de tout ça pour l'instant.
Ils se mirent à redescendre vers Jérusalem. En route, Aude essayait de leur changer les idées en leur décrivant la vie à Constantinople, les fêtes populaires et les manies de l'empereur. Mais ils restaient préoccupés. Hugo se demandait ce qu'il allait raconter au grand maître. Il ne voulait pas que son protecteur se moque de lui.
Onfroi marchait en silence. Ancelin surveillait la foule.
Une fois en ville, Aymond abandonna ses compagnons, disant qu'il devait se rendre au manoir du roi. Il promit de revenir aussitôt avec deux chevaliers de Tripoli qui l'aideraient à veiller sur Hugo.
Aude se rapprocha de Hugo :
— Vous êtes inquiet ?
— Un peu, avoua Hugo, mais surtout enragé de ne pas connaître mon adversaire.
Il montra la foule qui bloquait la rue :
— Ce pourrait être n'importe qui. Cet homme en turban, par exemple. Ou bien celui-ci, là-bas, qui me dévisage d'un air méchant. Si je pouvais voir son visage, l'affronter l'épée à la main ! Mais il se cache lâchement !
Près de la Couronne dorée, Onfroi rejoignit Hugo.
— Il faut que je vous parle, chuchota-t-il. Je sais qui est l'assassin !

16

Hugo dévisagea Onfroi avec impatience :
– Qui est l'assassin ? Dites-le-moi, vite !
– Pas maintenant, murmura Onfroi. C'est trop dangereux. J'ai besoin de vous parler seul à seul. Venez à minuit en haut, sur la petite terrasse de l'auberge.
Il se tut et s'écarta brusquement. Aude et Ancelin les avaient rejoints. Aymond approchait, lui aussi, accompagné de trois jeunes chevaliers.
– Si nous buvions ? proposa Aude. Je meurs de soif !
Les autres approuvèrent.
– Buvez sans moi, s'excusa Hugo. Je vais au Temple. Je dois rencontrer le grand maître avant la nuit.
– Demandez-lui si nous partons en guerre, dit l'un des compagnons d'Aymond.
– Il paraît qu'une expédition se prépare, ajouta un autre.

Hugo les laissa et suivit la rue du Temple qui montait vers l'ancienne mosquée d'al-Aqsa. Les Templiers l'occupaient depuis de nombreuses années. Ils n'avaient pas détruit le sanctuaire musulman ; ils s'étaient contentés de le compléter et de le fortifier. À l'est, ils avaient aménagé une chapelle, et à l'ouest, ils avaient construit une salle d'armes.

Hugo gravit la rampe qui reliait la ville à une vaste terrasse au centre de laquelle s'élevait la mosquée. Sous la terrasse, d'immenses salles avaient été transformées en écuries. On disait qu'elles pouvaient accueillir deux mille chevaux. C'était la célèbre cavalerie du Temple.

Des cavaliers en robe brune ou blanche dévalaient la rampe. D'autres groupes circulaient à pied. C'était un continuel va-et-vient.

Arrivé sur la terrasse, Hugo demanda à rencontrer André de Montbar. Le grand maître était occupé, mais il le priait d'attendre. Hugo s'accouda au mur de la terrasse. De là, il dominait la ville. Une énorme rumeur montait jusqu'à lui. Ce bruit était couvert par le piétinement sonore des cavaliers. Les Templiers constituaient une véritable armée, et cette armée se préparait visiblement à partir en guerre.

Lorsque Hugo fut autorisé à entrer, il vit des serviteurs qui nettoyaient les armures. Des ouvriers forgeaient des armes, des courriers arrivaient ou partaient précipitamment.

— C'est la guerre, lui dit le grand maître. Les Turcs nous provoquent. Dans une semaine, nous marcherons sur Damas.

Le vieil homme retrouvait sa jeunesse. Dès qu'il parlait de combattre, ses yeux brillaient et sa voix vibrait d'émotion.

— L'armée royale se prépare, annonça le Templier. Veux-tu te joindre à nous ?

— Je serais fier de servir sous votre bannière, Monseigneur, dit Hugo.

Le grand maître sourit.

— Bien ! Nous aurons ainsi avec nous la glorieuse épée d'Aubepierre... À propos de Louis et de ta mission, j'ai des nouvelles, ajouta-t-il.

« Enfin ! » soupira intérieurement Hugo en songeant à tous les dangers auxquels il avait échappé.

— Le prince de Chartres est mort, dit le grand maître.

— Mort ? répéta Hugo.

— Oui, il y a des années. Il a été pris par les musulmans, et ses hommes ont tous été massacrés. Le prince a survécu, du moins un certain temps.

— Pourquoi tout ce mystère ? s'étonna Hugo.

— L'atabey, le gouverneur qui l'a fait prisonnier, avait réclamé une rançon, expliqua le grand maître. Mais, lorsque les envoyés du roi de Jérusalem se sont présentés, Ludovic venait de mourir. Alors, l'atabey a fait disparaître le corps et il a prétendu que le prince s'était enfui.

— Pourquoi avoir menti ? demanda Hugo.

André de Montbar hocha la tête :
— C'est tout simple : Ludovic de Chartres transportait avec lui un trésor, la paye de l'armée royale. L'atabey s'en était emparé. En bonne règle, il aurait dû partager son butin avec son maître le sultan. Mais il a décidé de tout garder pour lui. Il a donc inventé la disparition du prince.
— Vous en êtes sûr, Monseigneur ? dit Hugo.
— J'en suis sûr, oui, dit le Templier. Ce drame a eu peu de témoins. L'atabey s'est débarrassé des plus bavards ; d'autres sont morts au combat. L'atabey lui-même a péri l'année dernière. Un seul homme a survécu. Il se nomme Mohamed. Depuis un an, il est soldat ici, parmi les turcoples. Tu sais ce que c'est qu'un turcople ?
— Un soldat musulman ? essaya de deviner Hugo.
— Un musulman entré à notre service, précisa le grand maître. Ce sont des combattants courageux. À la mort de l'atabey, Mohamed a rejoint notre armée. C'est lui qui m'a fait ce récit. C'est un homme honnête, on peut le croire.
Il se tut un instant, avant de conclure :
— Ainsi, tu as ta réponse. Ta mission s'achève. Le roi de France sera content.
« Mes ennuis ne sont pas terminés pour autant, se dit Hugo avec amertume. Si cette histoire est vraie, personne n'avait intérêt à m'empêcher de découvrir la vérité. C'est donc que le meurtrier a d'autres raisons de me haïr. Mais lesquelles ? C'est à devenir fou ! »

— Je vous remercie, Monseigneur, dit-il, pour votre enquête et pour votre invitation à combattre. J'ai hâte de vous servir.
— Tu peux rester parmi nous dès maintenant si tu le désires, proposa le Templier.
Hugo fut tenté d'accepter, mais il se souvint des derniers mots d'Onfroi : il croyait avoir démasqué l'assassin ! Minuit approchait. Hugo était impatient de courir au rendez-vous avec le jeune chevalier. Il prit congé du grand maître en promettant de revenir au Temple aussitôt que possible.
Il se dépêcha de regagner l'auberge.
La nuit était chaude. Malgré l'heure tardive, les rues grouillaient encore de monde. Les gens étaient plus paisibles que durant la journée. Ils se promenaient par groupes ou bien restaient assis devant leur porte à la recherche d'un peu de fraîcheur.
La plupart des rues étaient bien éclairées, et la présence des gens rassurait Hugo. Il se persuadait que le meurtrier choisirait un lieu plus discret pour s'attaquer à lui. Cependant, il gardait la main sur la poignée de son épée. On n'était sûr de rien.
Devant l'auberge, une foule joyeuse était assemblée. Hugo chercha ses compagnons et ne les trouva pas. « Ils doivent dormir », pensa-t-il.
Onfroi avait précisé : « Sur la petite terrasse ». Celle-ci s'ouvrait sur les toits. Les clients de l'auberge la fuyaient, car les tuiles d'argile conservaient la chaleur du soleil, et cette chaleur rendait l'endroit irrespirable.

« C'est l'endroit rêvé pour échapper aux curieux », songeait Hugo en grimpant l'escalier.

L'intérieur de l'auberge était calme. On entendait des ronflements et quelques tintements lointains provenant du sous-sol.

Au dernier étage, pour accéder à la terrasse, il n'y avait qu'une échelle. Hugo la gravit.

Onfroi était assis au bord du toit. Penché en avant, il semblait absorbé par le spectacle de la rue. Hugo l'appela à voix basse et, comme son ami ne répondait pas, il s'approcha de lui.

– Vous dormez ? demanda-t-il.

Lorsqu'il posa la main sur son épaule, le corps du jeune chevalier bascula en arrière. Hugo aperçut alors le manche du poignard qu'on lui avait planté en plein cœur.

La mort d'Onfroi porta un coup terrible à Hugo. Les jours qui suivirent, il perdit le sommeil. Il se reprochait d'être la cause du drame. On avait supprimé Onfroi pour l'empêcher de parler. Le jeune chevalier avait donc bien découvert la vérité.
« Jamais je n'aurais dû le laisser seul ! » se reprochait Hugo.
Mais comment aurait-il pu prévoir ? Il avait beau se répéter qu'il n'était pas responsable, il revoyait sans cesse le sourire et le regard clair de son ami. Il se souvenait qu'Onfroi lui avait sauvé la vie, et il était au désespoir.
Après la découverte du cadavre, Hugo avait réveillé Ancelin en pleine nuit. Sans lui dire un mot, il l'avait entraîné au Temple, tout éberlué. Là, il avait retrouvé peu à peu son calme.
Une semaine après la mort d'Onfroi, l'armée du roi, précédée par les Templiers, prit la route de

Damas. Les premiers jours, elle remonta la vallée du Jourdain, ensuite, elle obliqua vers le désert. Les soldats avançaient à l'aube et vers le crépuscule, pour se préserver de la chaleur. À chaque halte, ils se répartissaient en groupes et s'installaient dans les oasis ou bien le long des cours d'eau.

Les musulmans profitaient de cette division des forces pour les attaquer. Ils surgissaient brusquement des dunes, frappaient, puis disparaissaient. Armés plus légèrement que les chrétiens, ils évitaient le face-à-face. Leurs troupes reculaient sous la charge de la lourde cavalerie croisée. Elles se dispersaient, pour se regrouper ensuite et harceler l'adversaire.

Hugo se plaçait toujours à la pointe des combats. Après des jours et des jours d'angoisse, au cours desquels son persécuteur demeurait invisible, il voyait enfin l'ennemi. Les cavaliers musulmans avaient beau frapper comme la foudre, Hugo n'était jamais pris au piège. Il veillait sans cesse, tout armé. Il ne dormait presque plus. Ancelin avait adopté, lui aussi, le rythme de son frère de lait. Loin des ombres meurtrières de la ville, il se sentait revivre et se comportait avec courage.

Ils étaient au milieu du désert depuis trois jours lorsqu'ils virent s'approcher un petit groupe de cavaliers. À leur tête Hugo reconnut Aymond Ferragut. Depuis la mort d'Onfroi, il n'avait pas revu ses compagnons. En apercevant Aymond, il fut envahi d'une joie sincère. Il se hâta à sa rencontre.

– Vous ? s'étonna Aymond. Je vous croyais loin d'ici. On m'avait dit que vous étiez reparti.
– Je n'avais aucune raison de partir, dit Hugo.
– Après le meurtre d'Onfroi, et avec ce justicier qui voulait votre mort !
– Un justicier ? Vous plaisantez ! Un lâche capable de frapper un innocent, mais incapable de se montrer au grand jour. En partant, j'aurais fui devant lui. Ça, jamais !
Aymond acquiesça en silence.
– Pardonnez-moi, dit Hugo, je m'emporte, alors que je suis heureux de vous revoir. Comment va Aude ?
– Bien, je suppose, répondit Aymond. Je l'ai laissée à Jérusalem. Elle voulait accompagner l'armée, et j'ai eu toutes les peines du monde à lui faire changer d'avis.
– Vous avez eu raison, approuva Hugo. Ce désert est un enfer.
Au moment où il prononçait ces paroles, les cavaliers musulmans surgirent au sommet d'une dune. Hugo bondit aussitôt à cheval. Ancelin en fit autant. Aymond et ses hommes se joignirent à eux.
– Attendez ! commanda un Templier. C'est un piège !
Mais déjà, sans obéir à l'ordre, Aymond chargeait l'ennemi. Ne voulant pas abandonner son ami, Hugo s'élança lui aussi. Cependant, il se rendit compte que cet héroïsme était une folie : les musulmans avaient caché une grande partie de

leurs forces derrière les dunes. Ils étaient beaucoup plus nombreux qu'on aurait pu croire.

Le petit groupe de chevaliers chrétiens fut rapidement encerclé par l'ennemi : Aymond était devant. Il se battait comme un lion, en faisant tourner son cheval et en frappant avec une vivacité admirable. Mais ses adversaires prenaient le dessus. Hugo chargea pour le dégager. Son cheval, lancé au galop, heurta violemment l'ennemi. Son épée atteignit l'un des hommes du désert à la gorge. Elle cingla un cheval. La bête se cabra et bascula en arrière, entraînant son cavalier dans sa chute.

Hugo allait se retourner vers Aymond lorsqu'il se trouva en face d'un immense cavalier vêtu de bleu. La plupart des musulmans étaient plus petits que les chrétiens. Celui-là était d'une taille impressionnante. Devant la rage et le courage fou du jeune cavalier, il sourit. Hugo aperçut l'éclair des dents blanches dans le visage brun. Il prit ce sourire pour une provocation. La colère s'empara de lui ; sans réfléchir, il se précipita sur son adversaire. Le musulman para son attaque. À son tour, il porta un coup de sabre fulgurant, qui aurait tranché la tête de Hugo sans le réflexe du jeune chevalier.

Obéissant à son maître, Ardent fit un écart, puis il bondit en avant. Hugo porta un coup droit au visage du musulman. Le geste avait été si rapide que, cette fois-ci, le grand cavalier eut du mal à esquiver.

Il sourit à nouveau. Hugo comprit alors qu'il ne se moquait pas de lui : il prenait seulement plaisir au combat. Autour d'eux, le cercle des guerriers s'était élargi. On aurait dit que les musulmans leur faisaient de la place pour admirer le duel.

Les deux cavaliers tournèrent un moment l'un autour de l'autre, comme pour trouver le point faible de l'adversaire. Hugo attaqua le premier. Le cavalier bleu fit cabrer sa monture. Hugo évita les sabots de l'énorme bête et, dans le même mouvement, porta un coup d'épée qui fendit la cape du musulman.

Autour d'eux, des cris éclatèrent : les Templiers chargeaient. On entendait le grondement formidable de leur cavalerie. Les musulmans se replièrent aussitôt. Hugo, Ancelin, Aymond et ses chevaliers restèrent seuls sur le champ de bataille. En arrivant à leur hauteur, les Templiers ralentirent leur charge, puis s'arrêtèrent. À leur tête chevauchait le grand maître.

– Nous ne les poursuivons pas ? s'étonna Hugo.

André de Montbar enleva son heaume et le mit sous son bras.

– Tu en as assez fait pour aujourd'hui. Vous ne voyez pas qu'il s'agit d'un piège ? Ils veulent nous attirer dans le désert pour nous éliminer les uns après les autres.

Le grand maître sourit.

– Regarde ! dit-il à Hugo, ton adversaire rend hommage à ton courage.

Au sommet d'une dune, le grand cavalier bleu venait de surgir. Il leva son sabre vers le ciel, puis l'abaissa. Son cheval plia les jambes avant. Le cavalier s'inclina avec lui. Puis, brusquement, l'homme et sa monture se redressèrent, ils firent demi-tour et disparurent au galop dans le désert.
– Il s'appelle Saladin, dit le grand maître. C'est l'un des officiers du seigneur musulman que nous combattons.
Ils revinrent au camp en bavardant avec amitié. André de Montbar complimenta Ancelin, qui rougit de plaisir. Le vieux Templier n'avait pas perdu une miette du combat. Comme Aymond restait obstinément silencieux, le grand maître lui dit :
– Je suis heureux de vous avoir à nos côtés.
– J'espère que ma présence vous sera aussi agréable, Messires, dit une voix moqueuse derrière eux.
Hugo reconnut la voix d'Aude.
La jeune fille portait une tunique de cuir. Elle était coiffée d'un turban, et à sa taille pendait une courte épée.
– Je t'avais dit de ne pas venir ! s'emporta Aymond.
– Rassurez-vous, Messires, je ne vous encombrerai pas longtemps. Je suis venue pour parler au chevalier d'Aubepierre.
– Je refuse ! fit Aymond.
– Hugo vient de te sauver la vie, murmura Aude. Je l'ai vu, et tu le sais. Je n'ai pas besoin de ta permission.
Elle tendit la main à Hugo.

18

Hugo admirait sa compagne. Elle était très belle. « Comment fait-elle pour rester aussi fraîche sous ce climat d'enfer ? », se demanda-t-il.
Leur armée campait au bord d'un fleuve. Il avait pu se nettoyer et se baigner longuement, mais la sueur était revenue aussitôt. Les mouches le harcelaient.
Aude ne semblait pas s'apercevoir de la chaleur. Son voyage ne l'avait pas fatiguée. Elle avait remonté le fleuve du Jourdain, et traversé une partie du désert pour rejoindre l'armée. Loin de s'écrouler, elle avait l'air de sortir d'un palais. Sa peau était blanche. Pas une rougeur au visage, pas une piqûre d'insecte.
« C'est magique », songea Hugo.
– À quoi pensez-vous ? demanda-t-elle.
Il rougit. Pour rien au monde il n'aurait avoué qu'il était amoureux d'elle. Quelque chose dans le regard de la jeune fille le retenait, malgré l'amitié qu'elle lui témoignait.

– Je pense que vous êtes très courageuse, murmura-t-il.
Elle sourit tristement :
– Je voudrais bien l'être autant que vous le croyez, mais ce n'est pas le cas. Je suis désespérée. Aymond m'inquiète.
– Aymond ? s'étonna Hugo.
– Je vous ai raconté que nous avions perdu nos parents, n'est-ce pas ?
Hugo acquiesça en silence.
– Ce fut terrible, soupira-t-elle d'une voix chargée de sanglots. Notre existence a été brisée brutalement. Aymond n'en guérira jamais, j'en ai peur.
– On sent chez lui une souffrance insupportable, reconnut Hugo.
Aude s'arrêta. Elle avait de la peine à respirer.
– Nous n'étions pas habitués au malheur, reprit-elle. Nous vivions à Constantinople, dans un palais tout bleu. Je me souviens de lui comme d'un paradis. Il y avait des jardins, des bassins, toutes sortes d'animaux. Ma mère passait pour l'une des plus belles femmes de l'empire de Byzance. Elle était reçue à la cour de l'empereur, dont elle était une lointaine cousine.
– Alors, elle était parente de cette princesse qui a voulu me couper la main, conclut Hugo.
– Ne parlons plus jamais de cette horrible femme ! s'écria Aude avec colère. Ma mère ne lui ressemblait pas. Elle était douce, simple et généreuse. Je l'adorais.

— Et votre père ? demanda Hugo.
Aude lui jeta un étrange regard.
— Mon père était un soldat. Il s'est toujours battu avec courage. L'empereur l'estimait ; du moins on le dit. Durant la croisade, il lui a confié le commandement de son armée. Au cours d'une grande bataille, l'empereur a ordonné la retraite d'une partie des troupes. Mon père a obéi. Les croisés restés sur le champ de bataille ont été massacrés. Les survivants ont accusé mon père de trahison, prétendant qu'il s'était vendu aux musulmans. Pourtant, il n'avait fait qu'obéir à l'empereur.
— Il n'avait qu'à dire la vérité ! s'écria Hugo.
Aude sourit avec amertume :
— Il a essayé, mais on ne l'a pas cru. Les autres crachaient sur lui. Un seigneur l'a défié. Mon père s'est battu, et il est mort. Les témoins ont voulu voir dans sa défaite la preuve de sa trahison.
— Et l'empereur ? Il n'a pas dit la vérité pour rendre justice à votre père ?
Aude haussa les épaules d'un geste las :
— Au contraire : il a fait semblant de croire à la trahison de mon père. Et il a confisqué tous nos biens.
— C'est ignoble ! s'écria Hugo.
— Ignoble, oui, reprit Aude. Ma mère n'a pas supporté de passer pour l'épouse d'un traître. Elle avait perdu à la fois l'honneur et l'homme qu'elle aimait. Elle s'est suicidée.
— Avec le poignard que votre frère porte sur lui jour et nuit, ajouta Hugo.

Aude eut un rire amer :
— Ce poignard, c'est tout ce qui reste à Aymond. Nous avons dû fuir Constantinople. Le comte de Tripoli a recueilli Aymond, qui est devenu l'un de ses chevaliers ; quant à moi, j'ai vécu dans un couvent. Les gens se sont montrés généreux envers nous, surtout le comte de Tripoli. Mais nous ne voulons pas la charité, nous exigeons la justice : celui qui a tué mon père doit être châtié.
— Ne m'avez-vous pas dit qu'il était mort au cours d'un duel ? s'étonna Hugo.
— C'était un assassinat ! Mon père avait été blessé. Il pouvait à peine tenir une épée. Mais il était trop fier pour l'avouer.
— Son adversaire le savait ?
— C'était un être sans pitié.
— Je vous aiderai de toutes mes forces, s'exclama Hugo. Dites-moi ce que je dois faire.
Aude joignit les mains :
— Protégez Aymond !
— Je vous le jure, dit Hugo.
Elle secoua la tête avec désespoir :
— Il ne suffit pas de le défendre contre ses ennemis. Il faut surtout le protéger de lui-même : il veut mourir. Je ne sais plus que faire !
— Ayez confiance en moi, dit Hugo.
Elle lui adressa un sourire plein de tristesse :
— J'ai confiance, mais faites attention à vous !

19

À mesure que l'armée progressait vers Damas, les attaques ennemies devenaient plus nombreuses. Fidèle à sa promesse, Hugo ne quittait pas Aymond. Le jeune chevalier prenait des risques insensés. Dédaignant les ordres des Templiers, il s'avançait seul en plein désert. Il ne fallait pas le quitter des yeux. Lorsqu'il dormait, Hugo chargeait Ancelin de veiller sur lui. Ainsi, il pouvait se reposer quelques heures. Mais il n'était jamais tranquille, car Aymond s'échappait parfois la nuit pour ne rentrer qu'à l'aube.

Lorsqu'il était au camp, il se plongeait dans la contemplation de son poignard. Il pensait à la mort. Rien ne pouvait le distraire.

Hugo n'avait pas revu Aude. Six jours après leur conversation, l'armée atteignit une région montagneuse. Les gorges profondes et les pics rocheux étaient propices aux embuscades.

Les Templiers avançaient avec prudence. Leurs

guetteurs sillonnaient les chemins et inspectaient les hauteurs.

Les cavaliers ennemis parurent à la fin du jour. Ils venaient du sud et menaçaient l'arrière-garde. Le grand maître ordonna à Hugo de partir en renfort avec cinquante chevaliers.

Aymond se joignit à la troupe. Au lieu de rester parmi ses compagnons, il fonça, seul contre plusieurs centaines de musulmans.

C'était un suicide.

Hugo aurait dû abandonner le fou furieux à son sort, car il n'avait pas reçu l'ordre d'attaquer ; mais il avait juré à Aude de protéger son frère.

– Tous avec moi ! cria-t-il.

Il chargea à son tour. Les ennemis se dispersèrent. Mais, avant de disparaître, ils détruisirent les chariots qui transportaient la provision d'eau. En l'apprenant, le grand maître entra dans une violente colère :

– Je suis fatigué de votre désobéissance ! Vous vous prenez pour des héros. Mais, en risquant inutilement votre vie et celle de vos compagnons, vous mettez toute l'armée en danger. Toi, Aymond, va-t'en ! ordonna-t-il. Je ne veux plus de toi ici !

Au lieu de se sentir insulté, Aymond se mit à rire :

– Vous, les Templiers, vous êtes vieux, vous avez peur, vous ne savez plus vous battre ! Je vais vous montrer comment un chevalier affronte la mort !

Les musulmans s'étaient regroupés. On entendait au loin leurs cris de défi. Aymond partit au galop.

– Laissez-le ! ordonna le grand maître. Il a perdu la tête !

Mais Hugo s'élança, suivi d'Ancelin. En agissant ainsi, il pensait à Aude, pas à Aymond.

Les musulmans n'étaient pas nombreux. Dix, peut-être quinze. Ils attendirent les trois chevaliers chrétiens. Lorsque ceux-ci furent à deux cents mètres d'eux, ils s'enfuirent au galop sur la montagne.

C'était un piège.

– Attention ! cria Hugo.

Mais il était trop tard. Aymond s'était engagé à son tour sur la pente. Il brandissait son épée en poussant des hurlements furieux.

Soudain, d'autres ennemis surgirent au sommet de la montagne.

– Prends garde ! cria Hugo.

Les musulmans firent basculer sur la pente des blocs de pierre, qui entraînèrent une avalanche de roche. Incapable d'avancer ni de reculer, Aymond fut pris dans une tempête de pierres et de sable. Son cheval s'enlisa, puis il se coucha. Aymond tentait désespérément de se dégager. Une pierre l'atteignit à la tête. Hugo assistait, impuissant, à cet effroyable spectacle. Il vit Aymond disparaître sous l'énorme coulée de sable.

Un groupe de chevaliers chrétiens, sans doute envoyé par le grand maître, se rua à l'assaut de la montagne. L'ennemi disparut aussitôt. L'avalanche cessa. Hugo sauta de son cheval et se précipita vers l'endroit où Aymond était enseveli. Ancelin le suivit. Ils s'enfonçaient tous les deux, parfois jusqu'à la taille.

— Il va mourir ! cria Ancelin.

— Prends ton épée ! ordonna Hugo.

Il tira la sienne et commença à creuser dans le sable. Ils trouvèrent d'abord le cheval. Il était mort. Un peu plus loin, ils découvrirent le corps d'Aymond. Pour le dégager, il leur fallut l'aide des chevaliers qui venaient de mettre en fuite les musulmans, car le sable continuait à s'écouler. Il comblait sans arrêt le trou que les chevaliers creusaient.

Lorsqu'ils eurent enfin déterré Aymond, ils essuyèrent son visage. Sa bouche était remplie de sable. Le sang collait ses cheveux à son front.

— Il ne respire plus, constata un chevalier.

— Si, il est vivant, dit Hugo en appliquant son oreille sur la poitrine de son ami.

La nuit tombait. Le grand maître commanda de transporter le blessé au château des Templiers, bâti sur une hauteur à quelques kilomètres de là.

Une fois dans la forteresse, Aymond put recevoir des soins. L'un des moines qui occupaient le château était médecin. Il fit boire une potion à Aymond, qui toussa. Le moine hocha la tête avec satisfaction.

— Il vivra, dit-il.

Aymond fut lavé avec soin. On pansa ses bles-

sures. Il ne tarda pas à reprendre conscience. Dès qu'il eut ouvert les yeux, il se mit à chercher autour de lui, l'air étonné.
— Tu es sauvé, dit Hugo.
— Je crois qu'il cherche sa sœur, chuchota Ancelin.
— Aude va venir, nous l'avons avertie.
Mais le blessé continuait à regarder autour de lui, comme s'il n'entendait rien. Il finit par dire d'une voix rauque :
— Il fait nuit !
— Oui, c'est la nuit, confirma Ancelin. Vous êtes resté longtemps sans connaissance.
Le médecin saisit une chandelle et l'approcha des yeux d'Aymond. Il promena la flamme de droite à gauche, puis de gauche à droite. Les yeux du blessé restèrent immobiles, fixés droit devant eux sur les ténèbres.
— Votre compagnon est aveugle, murmura alors le moine.

20

Depuis vingt-quatre heures, Aude n'avait pas bougé. Elle était assise à côté du lit d'Aymond.
L'aveugle ne disait pas un mot. On aurait dit que le choc à la tête qui lui avait ôté la vue l'avait aussi rendu muet.
Hugo s'approcha de la jeune fille et lui dit :
— Venez, vous avez besoin de repos.
Elle leva les yeux sur lui. Il vit qu'elle avait pleuré.
— Je n'ai pas besoin de repos. Il faut que je vous parle.
— Je sais, murmura-t-il.
Il n'avait pas su protéger Aymond, comme il le lui avait promis. Jamais, sans doute, elle ne le lui pardonnerait.
Elle l'emmena sur la plus haute tour du château. De là, ils dominaient le désert. La chaleur de midi était écrasante. Aude s'assit à l'ombre d'un mur, Hugo s'installa à côté d'elle.

Des gardes arpentaient le chemin de ronde, surveillant le pays en guerre. Au passage, ils leur jetaient des regards curieux.

La jeune fille restait silencieuse.

— J'ai essayé de le retenir, expliqua Hugo. Mais il voulait mourir. Si vous l'aviez vu : il se jetait au milieu des ennemis… Vous me jugez coupable, n'est-ce pas ?

— Coupable ?

Elle le regarda d'un air étonné, puis elle secoua la tête, comme pour chasser les pensées qui l'accablaient.

— Je vous ai raconté notre histoire, mais je ne vous ai pas tout dit…

— À quoi bon ? soupira Hugo.

— Je ne vous ai pas encore révélé le nom du meurtrier de mon père, insista-t-elle. Il s'appelait… Marcantour, Bernard de Marcantour.

« Mon père ? Non, ce n'est pas possible ! » Une souffrance insupportable déchira la poitrine de Hugo.

— C'était votre père, poursuivit Aude. En quittant Constantinople, nous étions résolus à nous venger. Nous avons recherché sa trace, mais il avait regagné son pays. Nous interrogions inlassablement les croisés qui venaient d'Auvergne. Ce sont eux qui nous ont appris que Marcantour était à présent un seigneur brigand, un assassin. On le surnomme le Seigneur aux mains rouges !

— C'est la vérité, avoua Hugo en baissant la tête.

— Nous n'avions pas d'argent, continua Aude, sinon nous serions allés en Auvergne. Alors, nous avons attendu son retour en Terre sainte. Le comte de Tripoli affirmait qu'il reviendrait. Mais les mois, les années passaient, et il n'arrivait pas. Nous commencions à désespérer. Jusqu'au jour où quelqu'un, enfin, a prononcé votre nom : Marcantour !
— Ce n'est plus mon nom, rectifia Hugo. Je m'appelle Hugo d'Aubepierre.
— À nos yeux, ce nom cachait l'autre, celui du meurtrier. Vous en aviez honte, vous en aviez peur. Nous avons cru que c'était votre père qui revenait, et non vous.
— Je comprends, soupira Hugo.
— Je me souviens du jour où l'on a évoqué le nom de Marcantour, dit Aude d'une voix exaltée. Le capitaine racontait qu'on vous avait repêché en mer, que vous étiez blessé. Aymond est venu me prévenir au couvent. Je suis allée dans cette taverne, chez ce pêcheur. J'étais masquée et j'avais un poignard. Je me suis approchée du lit où vous dormiez. Je vous ai vu, et j'ai compris que vous étiez son fils. Vous aviez l'air si noble, si innocent que ma main s'est mise à trembler. Je n'ai pas pu frapper. Je suis restée un long moment à vous regarder.
— Alors, cette ombre dont parlait Ancelin, c'était vous ! s'exclama Hugo. Et ces fils de soie qui ont tant intrigué le pêcheur, c'étaient vos cheveux, n'est-ce pas ?

— Oui. Quand le pêcheur est arrivé, je me suis enfuie. Mais l'homme a lancé son couteau ; il a failli m'atteindre. La lame a déchiré ma cape, coupé une mèche de mes cheveux. J'ai tout arraché et j'ai sauté par la fenêtre... Depuis ce jour, je n'ai plus jamais tenté de vous faire de mal, je vous le jure.
— Je vous crois, dit Hugo.
Aude se leva, s'accouda au parapet et se perdit dans la contemplation du désert. Hugo respecta son silence. Au bout d'un moment, elle se retourna et reprit :
— Aymond était furieux. Ne pouvant pas atteindre le père, il voulait se venger sur le fils. C'est lui qui a essayé de vous poignarder dans les rues de Tripoli. C'est lui qui a détaché les chevaux au bord du précipice. Et c'est encore lui qui a engagé les pillards berbères pour qu'ils vous tuent, les payant avec l'argent que lui avait remis le comte de Tripoli. Mais vous aviez donné votre manteau à Ancelin, et ils l'ont attaqué à votre place.
— Cependant, à la grotte des Larmes, quand j'ai glissé dans le gouffre, vous n'avez rien fait pour m'aider, objecta Hugo. Je vous ai crue effrayée. Vous me haïssiez encore, n'est-ce pas ?
— Non, non, je ne vous haïssais pas, protesta Aude. J'étais paralysée par la peur, je ne savais plus que faire. Je pensais que le destin s'était chargé de vous punir.
— Et à Acre, ce piège affreux...

– C'était l'idée d'Aymond ; je n'étais pas au courant. C'est là que j'ai commencé à comprendre qu'il devenait fou. J'essayais en vain de le raisonner, mais il ne m'écoutait plus. Souvenez-vous : j'ai essayé de vous aider. Quand Onfroi a voulu alerter les Templiers, je l'ai encouragé, et je n'ai rien dit à Aymond.
– Aymond ! soupira Hugo. Dire que je le croyais mon ami !
Aude joignit les mains :
– Si vous l'aviez connu avant ! C'était un garçon joyeux, un chevalier exemplaire. Mais le chagrin l'a détruit. Pour se venger, il était prêt à tout. Il n'aurait pas hésité à me tuer s'il le fallait. Le jour où il avait empoisonné notre repas, à Jérusalem, je l'ignorais.
– Et puis il y a eu Onfroi, n'est-ce pas ?
Jusqu'ici, Aude avait réussi à contenir ses larmes. Elles se mirent soudain à couler.
– Onfroi avait découvert la vérité, sanglota-t-elle. Je l'ai compris. Je voulais le prévenir ; malheureusement, je suis arrivée trop tard. Aymond l'avait déjà poignardé. C'était horrible !
Elle enfouit son visage dans ses mains. Le désespoir l'empêchait de parler. Puis elle se maîtrisa.
– Aymond ne savait plus ce qu'il faisait, dit-elle. Quand il a tué ce jeune homme, il s'est mis à se haïr lui-même. À la manière dont il contemplait le poignard de notre mère, j'ai deviné qu'il avait décidé de se tuer. Dès que j'ai appris votre départ pour Damas, j'ai rejoint l'armée. Je voulais

demander à quelqu'un de protéger Aymond, et j'ai pensé à vous. C'était de la folie, pourtant vous l'avez fait.
— Bien mal, hélas ! soupira Hugo.
— Je vous ai vu combattre. Vous avez couru à son secours comme le plus fidèle des amis. Alors qu'il avait cherché à vous tuer !
Hugo sourit :
— Sachez que, si c'était à refaire, j'agirais de la même manière.
Il voulut ajouter : « parce que je vous aime », mais il eut honte de cet aveu.
— Qu'allez-vous faire maintenant ? demanda Aude.
— Rejoindre l'armée. Le grand maître m'a accordé une journée. Et cette journée s'achève.
— Je ne sais pas ce que nous allons devenir, Aymond et moi, dit Aude. Nous retournerons peut-être à Jérusalem. Tout dépendra d'Aymond.
— J'espère que vous trouverez le repos et l'oubli, dit Hugo. Et j'espère aussi… que nous nous reverrons.
— Malgré le mal que je vous ai fait ? s'étonna Aude.
Hugo sourit avec mélancolie :
— Et malgré le mal que je vous ai fait, moi aussi, sans le vouloir.

21

Après la confession d'Aude, Hugo lui dit adieu et quitta la forteresse des Templiers.

Un mois après, jour pour jour, la guerre s'acheva. L'armée n'avait pas réussi à prendre Damas, mais elle avait remporté néanmoins une grande victoire. Elle revint à Jérusalem chargée de richesses. Ce butin permit au roi de se montrer généreux.

Il demanda à tous ses alliés, ainsi qu'à ses officiers, de lui indiquer les chevaliers qui avaient été les plus héroïques au cours des combats. Le grand maître désigna Hugo. Le jeune chevalier fut reçu au manoir royal. Au cours d'une cérémonie solennelle, le roi le nomma chevalier du Saint-Sépulcre et lui remit cent pièces d'or.

Hugo était riche. Il était libre. Mais il n'était pas heureux pour autant. Il se mit à la recherche d'Aude et d'Aymond. Il ne les trouva pas – ni au château des Templiers, ni à Jérusalem. À force de questionner les uns et les autres, il finit par apprendre que les deux jeunes gens étaient revenus à Jérusalem trois semaines auparavant. Ils s'étaient rendus chez le roi, puis ils étaient repartis, personne ne savait où.

Hugo en éprouva du chagrin ; puis il s'habitua à l'idée de ne plus les revoir. « Pour eux, je serai toujours un Marcantour, le fils d'un meurtrier, pensa-t-il. Au fond de lui, Aymond continuera à me haïr. »

Sa mission était terminée. Il connaissait le secret de Ludovic de Chartres. Le roi de Jérusalem l'avait nommé chevalier du Saint-Sépulcre. Il revenait comblé d'honneurs. « Le roi de France sera satisfait, et mon parrain sera fier de moi », songea-t-il avec orgueil.

Il se rendit à Acre, toujours escorté du fidèle Ancelin. Là, il trouva un navire en partance pour Marseille. Ce bateau s'appelait *le Prince des mers*. À bord, il régnait une enivrante odeur d'épices, de cuir et de bois de santal.

— J'aime ça ! dit Ancelin en s'étendant sur des sacs odorants avec un soupir de plaisir. Je brûlerais ces parfums-là, chaque jour, dans ma demeure. J'aurais des tapis et des rideaux de soie. Je suis fait pour le luxe, moi, ajouta-t-il d'un ton maniéré.

— À propos de luxe, dit Hugo en riant, voici ta part de la récompense royale : cinquante pièces d'or.

Il lui tendit une bourse de cuir.

— C'est pour moi ? demanda Ancelin en rougissant.

— Oui, confirma Hugo. Tu l'as bien mérité.
Ancelin haussa les épaules :
— Qu'est-ce que tu veux que j'en fasse ?
— Je ne sais pas, moi... Tu pourrais acheter des terres, ou bien aller à l'école des armes, devenir chevalier...
— Tu veux te débarrasser de moi ? demanda Ancelin d'un air soupçonneux.
— Pas du tout ! Qu'est-ce que tu vas chercher ? Je crois seulement que tu ne devrais pas rester écuyer toute ta vie. Je t'ai vu combattre. Bien des chevaliers ne te valent pas...
— Et si ça me plaît, moi, d'être écuyer ? grogna Ancelin, hargneux.
Hugo souffla, excédé :
— Comme tu voudras !
— Si je ne suis pas là, qui veillera sur toi ?
— Une femme, peut-être, suggéra Hugo en riant.
Les yeux d'Ancelin s'agrandirent :
— Une femme ! Une femme, oui.
Il s'était redressé et regardait, étonné, un point situé au-delà du navire. Hugo tourna la tête. Ses mains se mirent à trembler.
Aude s'approchait d'eux. Elle marchait lentement sur les passerelles de bois fixées entre les navires, jusqu'au *Prince des mers*. Aymond la suivait, les mains posées sur les épaules de la jeune fille. Un bandeau blanc était noué sur ses yeux. Il avançait sans crainte le long des planches étroites qui se balançaient au gré des vagues.

Les marins aidèrent l'aveugle à prendre pied sur le navire. Hugo se précipita à sa rencontre.

— Quel bonheur de vous revoir ! dit-il.

— Bonheur partagé ! répliqua Aude d'une voix troublée.

Ancelin installa Aymond et sa sœur dans le coin le plus confortable du pont supérieur.

— Quelle délicieuse odeur de santal ! soupira Aymond.

Aude le regarda tendrement :

— C'est lui qui a voulu venir. Notre bateau lève l'ancre dans une heure.

— Vous partez pour Marseille ? demanda Hugo avec espoir.

Aude secoua la tête avec mélancolie :

— Non, pour Constantinople. Le roi de Jérusalem a été ému par les souffrances d'Aymond et impressionné par le récit de ses exploits. Il s'est montré généreux. Si généreux, même, que nous pourrons peut-être racheter le palais bleu de notre mère.

— Mais, avant de partir, coupa Aymond, je voulais vous dire merci.

— Merci ? À moi ? s'étonna Hugo.

Aymond lui serra la main avec émotion :

— Je suis venu vous dire que j'ai effacé de ma mémoire le nom de Marcantour, mais que je n'oublierai jamais celui de Hugo d'Aubepierre.

Il tendit à Hugo un petit paquet :

— Gardez cela en souvenir de moi.

– Viens maintenant, fit Aude en l'aidant à se mettre debout. Notre navire hisse la voile.
Hugo les raccompagna jusqu'à la passerelle. Là, Aude se retourna et sourit :
– Que Dieu vous protège, Messire. Et vous aussi, Ancelin.
Lorsqu'ils eurent disparu, Hugo revint sur le pont supérieur. Il déplia le paquet remis par l'aveugle. À l'intérieur, il découvrit le poignard aux rubis avec lequel la mère d'Aymond s'était donné la mort.
« Ainsi, songea Hugo, il a définitivement renoncé à sa vengeance. »
Son regard se porta sur les murailles d'Acre et, au-delà, sur les montagnes écrasées de soleil.
C'était un pays aride et violent. Pourtant, à la pensée de quitter cette terre où il avait combattu et aimé, le cœur de Hugo se serra douloureusement.

FIN

Avis aux lecteurs

Tu as beaucoup aimé ce livre, tu veux en parler
aux auteurs, leur poser des questions.
Écris vite à
Bayard Éditions
Série Marcantour
3/5, rue Bayard
75008 Paris

Tu auras une réponse.

Tu as aimé les aventures de

MarcantouR

Découvre ces quelques pages de
LES DĒMONS DE LA NUIT

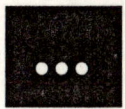

Ancelin heurta la porte du pommeau de son épée. Ses coups restèrent sans réponse. Le monastère paraissait toujours aussi désert.
Hugo attendit patiemment qu'Ancelin ait arrêté son vacarme, puis il s'approcha, souleva tranquillement le loquet. La porte s'ouvrit dans un grincement de gonds.
– Laisse ouvert ! supplia Ancelin.
Il cala le battant de bois à l'aide d'une pierre.
Ils se dirigèrent vers le cloître en suivant leur parcours de la nuit précédente. Rien n'avait changé. Les bâtiments étaient vides. Pourtant, il y régnait une atmosphère étrange, comme si une vie se cachait dans le creux des murs.
Plusieurs détails les intriguèrent. La veille, ils ne

EXTRAIT

les avaient pas remarqués dans l'obscurité. Ainsi, une grande croix était couchée à terre, à moitié brûlée, et, dans le réfectoire, de la vaisselle de bois était abandonnée sur les tables.

– Ce désordre n'est pas dans les habitudes des moines, fit observer Hugo.

– Ce ne sont peut-être pas des moines qui ont fait ça ! suggéra Ancelin.

– Des démons, alors ? railla Hugo.

Ancelin haussa les épaules. Il ne supportait pas qu'on plaisante avec le diable.

Hugo commença à monter l'escalier menant à la salle où ils avaient eu si peur, la veille.

– Je te préviens, ne compte pas sur moi pour t'accompagner ! maugréa Ancelin.

– Attends-moi donc ici, dit Hugo avec un sourire rassurant.

Arrivé en haut des escaliers, il découvrit avec surprise une pièce beaucoup plus vaste qu'il ne l'avait imaginé. Une dizaine d'écritoires y avaient été disposées en deux rangées. C'étaient de petits meubles de bois sombre qui servaient à la fois de sièges et de bureaux. Ils étaient inoccupés.

Cette grande salle devait être le scriptorium, l'endroit où les moines travaillaient à recopier des manuscrits et à les illustrer de merveilleux dessins qu'on appelait des enluminures.

EXTRAIT

Hugo s'approcha des fenêtres et les examina attentivement, l'une après l'autre. Au bout d'un moment, la chevelure rousse d'Ancelin et son visage plein de curiosité apparurent au sommet des marches.
– Viens par là, dit Hugo. Regarde le rebord des fenêtres. Tu ne remarques rien ?
– Des traces, répondit Ancelin en haussant les épaules.
– Exact ! triompha Hugo. Mais pas n'importe lesquelles. Des traces de cire, toutes fraîches, là où nous avons vu la lumière se déplacer hier soir. Nos démons s'éclairent à la chandelle !
Avec l'ongle, il gratta la cire tendre.
– Et regarde ça ! s'écria Ancelin.
Il indiquait le fond de la salle. Le mur tout entier était masqué par un panneau de bois sculpté.
– C'est horrible ! balbutia-t-il.
Des formes taillées dans le bois représentaient des têtes laides et méchantes. Des visages d'hommes et d'animaux confondus, comme si les hommes se transformaient en bêtes féroces. Certains de ces êtres se dévoraient entre eux.
– Les démons de la nuit ! marmonna Ancelin.
Le panneau dégageait une impression maléfique. Devant lui, la pièce silencieuse semblait figée d'effroi.
– En tout cas, tes démons sont sacrément doués

pour le dessin ! fit remarquer Hugo en admirant l'ébauche d'une enluminure sur une feuille de parchemin.

Celle-ci était abandonnée sur une écritoire, au milieu des plumes d'oie et des craies.

Sur une autre table, des encres, rouges et noires, séchaient au fond de leurs encriers de verre.

– Je ne comprends pas ! s'exclama Hugo.

Les moines s'étaient volatilisés comme si le vent les avait emportés au beau milieu de leurs travaux sans leur laisser le temps de faire un signe, de dire adieu. « S'ils ont été attaqués, songeait Hugo, on devrait trouver des traces de violence. » Mais tout était en ordre, sauf cette croix brûlée au centre du cloître. Et ces portes ouvertes ! D'habitude, les monastères étaient toujours fermés avec soin.

Ce mystère l'exaspérait.

– On ne disparaît pas comme ça ! s'écria-t-il.

– C'est diabolique ! chuchota Ancelin.

– Tu m'ennuies, à la fin, avec tes démons ! explosa Hugo.

Pourtant, la peur s'insinuait en lui à nouveau. Il avait la sensation qu'une force obscure essayait de l'attirer, à son corps défendant. Cette force provenait de ce panneau de bois grouillant de créatures abominables.

Comme pour confirmer cette idée folle, un rayon

de soleil perça soudain le vitrail d'une fenêtre et vint éclairer une partie du panneau. Un visage parut s'animer. Son sourire découvrait des dents de loup.
– Descendons, dit Hugo d'une voix troublée.
Dans le cloître, il retrouva son calme.
Le monastère lui donnait la chair de poule, mais il ne céderait plus à la peur. Plus jamais.
Depuis la galerie, Ancelin examinait les fenêtres du scriptorium qu'ils venaient de quitter. À travers les vitraux blancs, il crut voir passer des silhouettes.
– Tu ne vois rien, toi ? bégaya-t-il.
– C'est le ciel, dit Hugo en haussant les épaules.
Le soleil jouant avec les nuages faisait glisser des ombres sur la façade.
– Je t'assure, pourtant…
– Écoute ! coupa Hugo.
Un chant s'élevait, venu des profondeurs du monastère. Ancelin fit un signe pour dire qu'il l'entendait lui aussi. Les voix étaient étouffées, mais le cantique était beau.
Ils écoutèrent un long moment, émus par la tristesse et la pureté de ces voix. On aurait dit qu'elles chassaient les puissances du mal et dissipaient la terreur qu'ils avaient ressentie un moment auparavant.
– Ce sont eux. J'en suis sûr, dit Hugo.

EXTRAIT

— Qui, eux ? demanda Ancelin.
— Les moines.
Il se dirigea vers l'église et ouvrit la porte. Personne ! Seulement le silence. Les voix s'étaient tues.
Ils ressortirent dans le cloître. Là aussi régnait maintenant un silence pesant.
— Où êtes-vous ? hurla Hugo.
Il visita rageusement tous les recoins du domaine : les jardins, le verger, les écuries, les cuisines. Il ne trouva rien. La solitude étouffait le monastère.
Ils rejoignirent leurs chevaux et les lancèrent au galop. S'ils étaient revenus en arrière, derrière les murs d'Aiglefond, ils auraient pu entendre les voix sans visage entonner à nouveau leur chant mystérieux au cœur du monastère abandonné.

Découvre vite la suite de cette histoire dans
LES DĒMONS DE LA NUIT
N° 804 de la série
Marcantour

Marcantour

801. LES DIABLES ROUGES
802. LE FAUCON DE LA MORT
803. LE PRINCE À L'ÉTOILE D'OR
804. LES DÉMONS DE LA NUIT
805. LES JUSTICIERS DE L'OMBRE
806. LA RÉVOLTE DES FAUCHEURS
   (à paraître en novembre 1999)

*Impression réalisée sur CAMERON
par BRODARD ET TAUPIN
La Flèche
en août 1999*

Imprimé en France
Dépôt légal : septembre 1999
N° d'Éditeur : 4926 – N° d'impression : 6029W